Des Burschen Heimkehr oder: Der tolle Hund

Ernst Elias Niebergall

Personen:

Knippelius, Metzger.

Katharine, seine Frau.

Fritz, Student,
Bärbel und
Karlchen, ihre Kinder.

Puttel, Bierbrauer.

Margarethe, seine Frau.

Sabine, ihre Tochter.

Nachtschatten, Kammacher.

Valentin, Schneidergeselle.

Ein **Auslaufer**.

Mehrere **Polizeidiener**.

Eine **Magd**.

Volk.

Mit Bedauern siehet sich der Verfasser zu der Anzeige genöthigt, daß es ihm unmöglich war, die angekündigte Abbildung zu liefern, da er von dem Künstler, welcher die Fertigung derselben übernommen, gerade zu der Zeit im Stiche gelassen wurde, wo es zu spät war, einen anderen darum zu ersuchen. Die verehrlichen Leser werden ihm diese, ganz ohne seine Schuld veranlaßte Nichterfüllung des Versprochenen nicht verargen oder übel deuten, zumal, da ein Blick auf die Seitenzahl des Werkchens zeigt, daß dieselbe die angekündigte übersteigt.

Erster Akt

Erste Scene

Knippelius Wohnstube.
(Der Metzger Knippelius, hernach eine Magd.)

Knippelius. Da, do schlehkts schun drei, un ich bin als noch net ohgezoge! Do is kah Schmihsge, un kah West un nix sauwer! Ich wohlt, daß e Gewidder in des Weibsvolk fohrn deht: de ganze Morjend knottele-se erum, un hinnedrin is kah Berscht gedoh!

(Eine Magd kommt mit Fleisch.)

Magd. E schee Kumblement vum Herr Regestrater, un so Flahsch deht mer ahm net schicke, wo so beesortig riche deht, un des wehr net die Ohrt, wie mer sei alte Kunne behalde deht. Sie sellde mer e anner Stick gewwe.

Knippelius *(bei Seite.)* Wos des Mensch vor e bees Mundwerk hot! *(Laut:)* Is Se net von Griesem, Schätzche?

Magd. Woher wisse Sie dann des?

Knippelius. No, ich hob mer'sch gedocht, dann die Griesemer Zwiwwel un die Griesemer Meiler beiße ganz schwerneths.

Magd *(giftig.)* Schweie-Se mit ihre growwe Späß, wisse-Se's? un gewwe-Se mer mei Sach, ich hob mehr zu duh, als Ihne uf Ihr ahfellige Geschwätzer Antwort ze gewwe.

Knippelius. No, Schätzche, wahß-Se wos, Sie soll e recht zohrt Stickelche hawwe, wann-Se mer sehkt, was es for e Bewandtniß mi'm Griesemer Guguk hot?

Magd *(noch mehr im Eifer.)* Ich will Ihne emol ebbes soge, wann Sie e orndlicher Mann wehrn un e rebedihrlicher Metzjer, do dehte-Se die Leit net mit ihrm stinkige Flahsch balwirn, wo noch dazu ze knapps gewoge is: Sie sinn mer e Scheener, fui Deiwel!

Knippelius *(bei Seite.)* Mit dehre wer ich net ferdig. *(Laut.)* Loß-Se's nor gut sey, trog-Se's enaus zu meiner Frah, un loß-Se sich e anner Stick gewwe, un dem Herr Regestrater sog-Se e schee Kumblement, hehrt Se, un er meegt's net for ungitig nemme, des Wedder wehr zu haaß un derntwege kennt's manchmol bassirn, daß des Flahsch net ganz so wehr, wie's sey sollt.

(Die Magd geht, ohne die Zeit zu bieten.)

Adje Schätzche, kumm-Se bald widder! *(Für sich.)* Des wor mer aach ah vun de Hefliche! Die kann ahm des Maul stoppe!

Zweite Scene

Knippelius. Karlchen.

Knippelius. No, Kallche, is die Schul schun aus? Es is gut daß de do bist; – wos wollt ich der doch soge? Des Dunnerwetter, ich hatt doch wos im Sinn!

Karlchen *(vorwitzig.)* Es werd e Lick gewese sey.

Knippelius. Wos, du Lausbub, du willst dich iwwer dein Vadda mukirn? Wort, ich will der'sch vertreiwe! *(Holt einen Farrnschwanz hinter der Thüre hervor, erwischt Karlchen beim Ärmel, und prügelt es in der Stube herum.)* Du gaschdiger Jung, wer haaßt dich so unnitzig sey? ich will dich Reschbekt lerne!

Karlchen *(schreit aus vollem Halse.)* Autsch! ach Vaddage, ich will's jo mei Lebdoog net mehr duh!

Dritte Scene

Die Vorigen. Katharina, Knippelius Frau.

Fr. Knippelius. Wos schmeißt-de dann widder den ohrme Jung, daß die ganz Nochberschaft zamme laaft? Geh her, Kallche, kumm, mei Herzje, warum hot er dich dann geschmisse? *(Sie bedeckt das immer noch schreiende Kind mit ihren Armen.)* No, Vadda, warum host-de'n dann widder geschmisse?

Knippelius *(erbittert.)* Nemm en nor in Schutz, du host Recht!

Fr. Knippelius. Ach, so e unverstennig Kind glei so ze brijjele! Du machst-en ganz hartschlehjig.

Knippelius. Alleweil zieh ich mein Rock oh, un geh aus dem Haus! Der Jung werd in Grundsboddem enei nix nutz!

Fr. Knippelius. Ach schwei! Geh fort, Kallche, un sog der Bärwel, sie sollt-der dei Bäckelche obbutze, des is e bisje dreckig.

Karlchen. Ich will net!

Knippelius. Nah, des is net zum Aushalde! Schmeiß dehre ahgesinnige Krott uf de Backe, daß se de Himmel for e Baßgei ohsieht! Un wos der Bub so schlambig erumlaaft, es ist e Schann! Jetz geh ich aus, un wann ich widder hahm kumm, un der Ringel is net geseiwert, do gibt's en Mordschbekdokel! Des is zum Dohtärjern! *(ab.)*

Fr. Knippelius. Da, Kallche, host-de en Kreizer, kaaf der en Weck, krein mer net mehr! Dei Vadda schlehkt dich aach alle Gebott. Wort, mer duhn de Fannschwanz eweck, da, Kallche, host-de'n, werf-en in die Mistkaut! *(Beide ab.)*

Vierte Scene

Bärbel (Knippelius Tochter.)

Bärbel. So, jetz is die Mudda in der Kich, un der Vadda is ausgange, jetz kann ich aach mei Buch auslese. Ich hob's gut vasteckelt. *(Holt unter dem Bett einen alten Kasten hervor, und zieht ein grünes Buch heraus.)* Ich meegt nor wisse, warum se's battuh net leide wolle, daß ich die Bicher les, es stehn doch lauder so scheene Sache drin. *(Sie setzt sich.)* Wo wor ich dann steh gebliwwe – des is e wohr Mallehr, ma kann so e Buch gor net im Zammehang lese. *(Sie lies't eine Zeit lang für sich.)* Nah, des worn scheene Zeite! Wann's nor alleweil noch so wehr! Do wehr ich ein Freilein, un der Fritz wehr e junger Ridda, un mei Valdin aach, un dem deht ich e lilafarwig Scherf sticke – weil ich die Lilaklahder am gernste draag –, un die deht er umhenke un uf Owendeier ausziehe, un deht jeden zum Zweikampf erausfoddern, der ebbes geje mich hett. Un der Vadda sehß im Riddasaal, un ich deht em de volle Becher kredenze, un wann ich Owends ellah uf dem Balkon wehr, un in die blaue Ferne enausblicke deht, wann grod die Schoof hahmgingte, deht ich sehnsichtige Lieder an mein ferne Valdin singe! Ach wos wehr des so schee! Un wann dann mei Valdin vum Tornier hahmkehm, un deht mer all die Breise zu Fihse lege, die er im Kampf gewunne hett, un deht soge: »Die feindliche Kuchele hawwe mich verschont, jetzt sog mer, meine Angebetete, liebst du mich?« do deht ich en verschehmt ohgucke un antworde: »Ridda, ich bitt mer Bedenkzeit aus, ich will mei Herz befroge.« Un dann deht er vor mer uf die Knie falle, un ausrufe: »o Dame meines Herzens, ohne dich kann ich nicht lewen, un kah anner nemm ich net!« un do kennt ich net mehr widdersteh un deht sanft lisbele: »ja, Valdin, ich liebe dich!« *(Sie seufzt.)*

(Man hört draußen die Stimme des Knippelius: Frah, geb' emol siwwe Kreizer for de Brief!)

Bärbel *(zusammenfahrend.)* Da, do is der Vadda schunt widder! *(Sie verbirgt das Buch unter der Schürze.)*

Fünfte Scene

Bärbel. Knippelius (mit einem Brief in der Hand.)

Knippelius. Do les emol de Brief, Bärwel, er is vum Fritz, der Musjeh werd widder Geld hawwe wolle, ich merk's schun. *(Wie er ihr den Brief gibt, fällt das Buch zur Erde. Knippelius hebt es schnell auf.)* Wos hot dann die Mammesell do? Ich glaab gor, es is so e Romaneschinke vum Ullweiler odder vum Stihwer! Weis emol her! *(Er lies't buchstabirend.)* Die spukende – wos die Krenk! – Nonne – im Scha – Schauerthal. – Hehr emol, Junfer, wann ich noch ahmol so en verfluchte Roman bei der verdapp, so schmeiß ich der'n links un rechts um de Kopp erum, daß der die Ohrn wackele! Merk der'sch for die Zukunft! Geh an dei Arweit, helf deiner Mudda in der Kich koche, odder mach, daß der Klah kah verrissene Hose ohhott, daß mer sich vor de Leit scheeme muß! Ich will der de Hochmuthsdeiwel aus dem Kopp bringe, do bin ich der blanmäßig gut davor; du Schlamp!

Bärbel *(schnippisch.)* No, spor'n Se nor Ihne ihr Schimpredde!

Knippelius *(mit Würde.)* Dofor bin ich Vadda, un du bist e gensig Ding! Geh enaus, un sog der Mudda, sie soll erei kumme. *(Bärbel ab.)* Ich wahß net, wos des for Zeide sinn, die Kinner howwe gor kahn Reschbekt mehr vor de Eldern! Wann ich meim Vadda seelig widdersproche hett, oder hett nor e verdrießlich Gesicht geschnitte, wann er mich wos gehaaße hett, do hett er mer de Buckel so dorchgewammscht, daß nix mehr druf gange wehr.

Awwer alleweil setze die Kinner glei ihrn Mottekopp uf un brotze, wann sie noch net hinner de Ohrn drucke sinn: des is die neimodisch Kinnerzucht!

Sechste Scene

Knippelius, seine Frau und Bärbel.

Knippelius. Da, Bärwel, les emol de Brief, ich mißt sunst mei Brill ufsetze. *(Setzt sich in den Lehnstuhl.)* Allo!

Bärbel. Der Brief is merderlich fest zubitschirt. So, jetzt haw ich en uf. *(Sie lies't.)*

»Gießen, den 8ten Oktober.

Geliebte Ältern!

Euren lieben Brief habe ich empfangen, und beeile mich, ihn zu beantworten, eine Pflicht, welche mir jetzt um so dringender am Herzen liegt, je deutlicher ich einsehe, daß fremde Lästerzungen es sich angelegen seyn lassen, den Saamen des Argwohns in Eure sorgenden Herzen zu streuen, und mich Euch mehr und mehr zu entfremden suchen. Wie nahe mir dieß geht, wie groß mein Schmerz hierüber ist, möchte ich Euch vergebens zu schildern versuchen. Nur Einiges will ich darauf entgegnen, in der festen Zuversicht, daß ich noch nicht ganz aus Eurem Herzen verdrängt bin, daß ich noch stets einen Platz in demselben einnehme.«

Fr. Knippelius. Ach, er schreibt gor schee! *(Wischt sich die Augen.)*

Bärbel *(lies't weiter.)* »Ihr schreibt von einem Bekannten, der Euch mancherlei zu meinem Nachtheil gemeldet hätte, z. B. ich machte Schulden, ginge in kein Colleg, tränke viel Bier etc. Theure Ältern, einen großen Gefallen würdet Ihr mir erzeigen, wenn Ihr mir den Namen dieses schändlichen, boshaften Lügners und Verläumders nennen wolltet, damit ich mir persönlich Satisfaction von ihm holen könnte. Wenn alle Studenten so solid wären als ich, so könnten die Wirthe ihre Wirthschaften aufgeben, die Billards und Kegelbahnen stünden leer, und die Collegia wären desto voller.«

Knippelius. Bärwel, halt emol ei. Mei, Frah, was sehkst du dazu, solle mer unserm Fritz weniger glaawe, als dem Herr Gevadda?

Fr. Knippelius. Der Fritz hot gewiß kah Lumbereie ohgestellt, des how' ich jo immer behaubt.

Bärbel *(lies't weiter.)* »Ich lebe so solid als möglich, trinke keine geistigen Getränke, und studire rastlos, damit ich recht bald Eure Hoffnungen erfüllen kann. Deinen Geburtstag, lieber Vater, habe ich letzthin auch gefeiert, indem ich einen halben Schoppen Wein auf Deine Gesundheit leerte. Hoffentlich werdet Ihr es auch nicht übel nehmen, wenn ich Euch in Gegenwärtigem um Geld angehen muß. Meine Kleider sind schlecht bestellt –«

Knippelius. Er hot doch den grihne Rock erscht krickt!

Bärbel *(lies't.)* »Meine Wäsche hat durch die Gewaltthätigkeit der hiesigen Waschfrauen sehr gelitten, und ich brauche nothwendig ein Dutzend neue Hemden.«

Fr. Knippelius. Ich how'-em doch erscht uf de Michelsdoog neie Hemmer mache losse!

Bärbel *(fährt fort.)* »Meine Stiefel sind durch das hiesige schlechte Pflaster ganz auf dem Hund.«

Knippelius. Daß dich! Hot vier poor Stiwwel mitgenumme!

Bärbel *(lies't.)* »Sodann brauche ich viele nothwendige Bücher. Alles dieses zusammen beläuft sich auf ungefähr 100 Gulden, welche Ihr mir in der Kürze schicken müßt, denn ich kann nicht bis zum Herbst warten. Ihr würdet auch gut thun, wenn Ihr noch außerdem einiges Geld für mich beifügtet, denn ich habe schon seit acht Tagen keinen Hessenbatzen mehr, und leide an dem Nothwendigsten Mangel.«

Knippelius. Nah, des is iwwer'sch Bohneliedche! Wie lang is es, Kathrine, daß mer'm Geld geschickt howwe?

Fr. Knippelius. Am Freidoog worn's verzeh Daag, do hot er finf-en sibzig Gulde krickt.

Knippelius. Richdig, un die hot der Musjeh schun dorchgebutzt. Er mahnt, ich kennt des Geld aus dem Ermel schiddele – awwer woher nemme un net stehle?

Fr. Knippelius. Ja, wann er'sch nu awwer braucht?

Bärbel. Ach, des sinn lauder Piff vun em, wann er des Geld hot, do verreit un verfehrt er'sch un kaaft seim Hund e nei Halsband. Ja, un der krickt Alles, wos er will, wann ich awwer nor en neie Mutze, oder e Band oder e Scherzche hawwe will, de haaßt's: du kannst noch worte, es werd net so bressirn!

Knippelius. Rässenir mer net, Romanelesern! Is der Brief schun ferdig?

Bärbel. Nah, ach es sinn doch lauder Lije! *(Sie lies't.)* »Verflossene Woche war ich krank und mußte im Bette liegen bleiben; der Arzt hat mir verordnet, ich solle, wenn ich wieder aufstehen könnte, rothen Wein, des Tags eine Flasche, als Stärkung trinken. Nun bin ich wieder seit ein paar Tagen auf, bin aber noch sehr schwach, weil ich dieses Stärkungsmittel wegen Geldmangels nicht gebrauchen kann. Habet daher die Güte, bei Eurem baldigen Briefe Rücksicht darauf zu nehmen, damit ich wieder zu Kräften komme.«

Knippelius. Nah, do meegt mer sich uf de Kopp stelle un sich mit de Bah verwunnern! Ich wor aach e junger Borsch, un wor doch aach lustig, wann ich awwer mei Halmooß Bier odder Eppelwei hatt, do wor ich zufridde. Awwer do der Herr will rohde Wei saufe un de große Herr spiele, schwitjesirt, hält sich en Hund, der en noch zum Haus enaus frißt, dujelirt sich –

Fr. Knippelius *(erschrocken.)* Ach Herr Je, Balser, dujelirt bot er sich?

Knippelius. Kah Wunner, driwwe des Schnerre Hannes bot mer'sch gesogt, dem hot's des Winnels Adam erzehlt, un der hot's vun eme Student erfohrn. Er hot aach sein Dappe krickt, en Schmiß iwwer die Brust, wann er widder kimmt, will ich en emol visedirn.

Bärbel. Ja, Vadda, un e gut Freindin hot mer gesogt, neilich wie ich in dehre Kaffevisitt wor, sie hett gehehrt, er hett sich e Bolenehs mache losse.

Knippelius. Wos is dann des for e Ding?

Bärbel. Ei des is so e Schnihrrock, wo so e Meng Schnihrn un Kwaste droh erumbambele.

Knippelius. Wos, so en Hansworschderock? Do soll er mer net mit iwwer die Schwell kumme, ich hetz sunst de Spanjer hinner'n, wahß Gott! Hett ich en nor wos annerscht lerne losse; do wor mei Geschwisterkindsvedda in Bermesens, der unner dem olte Landgraf gestanne hot, bei dem hett er des Sahlerhandwerk lerne kenne! Geh mer de Wisch her!

Fr. Knippelius. Der Brief is jo noch gor net all.

Knippelius. No so mach, daß er ferdig werd, ich alderir mich, daß mer alle Glidder ziddern, iwwer so en Schliffel!

Bärbel *(lies't.)* »Seyd auch so gut und besorgt beifolgendes Paquet an Herrn Puttel. Es sind Proben von Tabak, um die er mich ersucht hat.« – Wos is dann des for e Paket?

Fr. Knippelius. Do leit's. Mer mahnt, die Kordel wehr erunner gange.

Bärbel *(neugierig nachsehend.)* Da, do henkt ebbes eraus, ach, e Schählche! Gucke Se emol, Vadda!

Knippelius. Weis! Kotz Krenk! *(Zieht ein Halstuch aus dem Paquet.)* Is des Tuwack? Mer wolle's doch emol ufmache, do sinn faule Fisch dahinner. *(Öffnet das Paquet vollends.)* E Weibshalsduch, so e neimodischer Kamm, e poor Hannschuh un e Schnall! Des is mer e scheener Tuwack! Do is aach noch e Briefche.

Bärbel. Des is gewiß an's Bienche, mit dehre hot er'sch immer gehatt, ich wahß, wie er noch in die Klaß is gange. *(Lies't die Adresse.)* »An Fräulein Sabine Puttel, Wohlgeboren« – Gelle Se ich hob recht?

Knippelius. Des versteh ich awwer net. Die Sache sinn doch an de Puttel selbst adressirt!

Bärbel. Ja, er bekimmert sich awwer um gor nix vun Briefschafte, weil er mi'm Lese net recht fort kann, un do geht Alles dorch dem Bienche sei Hend.

(Es klopft an.)

Fr. Knippelius. Duht die Sache eweck! Ach, un es sieht so schlambig aus in der Stubb, raum emol do de Dreck vun de Stihl! Herein!

Siebente Scene

Vorige, Frau Puttel.

Knippelius. Ei fellmich-Ihne, Frah Gevaddan! Des is jo e seldener Besuch!

Fr. Puttel. Fellmich-Ihne, Se losse ahm ganz im Stich, mer muß grohd zu Ihne kumme, wann mer Ihne seje will. No, wie geht's?

Knippelius. Danke der Nochfroog, als noch uf zwaa Bah!

Fr. Knippelius *(stellt einen Stuhl hin.)* Losse-Se sich nidder. Warum howwe Se dann de Libste net mitgebrocht?

Fr. Puttel. Mei Mann hot alleweil de Kopp so voll von dene neie Vabesserunge, wo in der Oltstadt gemocht solle wern, un von dehre Gemahnderothwahl, daß er gor nix Gescheides mehr redt. Ich kann mich aach net lang ufhalde, ma hawwe groß Wesch. Awwer, kotz Dausend, wos is des Bärwelche so groß un dick worn! *(Setzt sich.)*

Bärbel. Gelle-Se?

Fr. Puttel. Wann ich noch droh denk, wie se noch so klah wor, so e korzer, dicker Steppel! Do sieht ma, daß ma olt werd. Ach, un wos wor-se so wild, die Klah! De liewe lange Doog uf da Gaß erum gedollt mit de Buwe, un alsford gesunge: ach, wann ich nor kein Mädchen wehr!

Bärbel. Ach schweie Se doch!

Fr. Puttel. No, do brauchst-de dich net zu scheeme, du worscht jo sellemol noch e klah Kind. Awwer wos ich soge wollt: wos macht dann da Fritz? Ich hob jo schunt gor lang nix vun-em gehehrt. Wie er des Letzdemol ford is gange, hot er ma net emol Adjeh gesogt.

Knippelius *(winkt seiner Frau zu.)* Er hot lang nix vun sich hehrn losse.

Fr. Puttel. Ja, dehrntweje bin ich eigendlich kumme. Ich hett Ihne wos mitzedeile, Frah Gevaddan, un ihne, Herr Gevadda, äwe vun weje dem Fritz.

Knippelius. So? Bärwel, geh enaus un steck de Hinkel Hei uf! *(Bärbel ab.)* No, Se howwe mich orndlich neigierig gemocht.

Fr. Puttel. Ich muß ganz von forne ohfange. Se wisse jo, wie der Fritz noch in's Piu is gange, do is er alle Gebott zu uns kumme, un es wor uns imma sehr ohgenehm, wann er do wor. Unser Herz hot an nix Beeses gedenkt. Nu wor des Bienche schunt kunfermirt, un der Fritz werd so sei ochtzeh Johr olt gewese sey, do howwe mer gemerkt, daß des Bienche uf ahmol sei Maul gehenkt hot, un is ahsilbig worn, un wor nor dann munda, wann der Fritz uns besucht hot. Des fiel mer uf, un ich sogt oft zu mei'm Mann: mei, Kunrohd, wos fehlt dem Mädge, ma mahnt, es wehr krank, es fellt ganz vum Flahsch. Geh mer eweck, sehgt mei Mann zu ma, du bist e Gans, des is alleweil so Mode unner de Mäderger, daß se blaß aussehje, du bist mit da Eibildung gestrohft. No, ich hob mei Maul gehalde, hob owwa imma mei Dahl gedenkt.

(Ein großer Metzgerhund schleicht sich herein.)

Knippelius. Guschst-de dich, Spanjer! Vagesse Se ihr Redd net, Frah Gevaddan.

Fr. Puttel. Do hott sich's emol zugedrohge, daß es sehr schee Wedda wor – wann wor'sch doch? – ja es wor de vorige Herbst, mei Mann hatt noch gesogt, wann's so Wedda blieb, hette ma in verzeh Daag Micheli – un die

Sunn hot so haaß geschiene, do sehkt mei Mann zu ma: mei, Frah, wie
wehr'sch, ma wolle e bisje nooch Drahse geh. Ich wollt erscht net, awwer
er hot net geruht, un des Bienche hot mich so lang gekwehlt, bis ich endlich
gesogt hob: mir ze Gefalle!

(Bärbel kommt mit Kaffee.)

Fr. Knippelius. Vagesse Se ihr Redd net. Sie drinke doch e Täßje Kaffee mit
uns?

Fr. Puttel. Ach, mache Se ma nor kah Umstende, ich hob mei Dahl schunt
dahahm gedrunke.

Knippelius. No, Ah Koppche kann ma immer noch packe, es sinn viel gelwe
Riewe drunner, der schadt Ihne nix, er geht net in's Gebliht.

Fr. Knippelius *(sieht ihn zornig an und stößt ihn heimlich.)* No, mach's nor net ze
schlimm, die Frah Gevaddan kennt Wunner denke. *(Sie schenkt ein.)*

Knippelius. No, erzehle Se weider. Sie worn grohd unnawähks nooch Drahse.

Fr. Puttel. Ja, vastehn Se, ich wollt eigendlich net mit, ich hob's awwa mei'm
Mann zu Gefalle gedoh. Wie ma nu nooch Drahse kumme worn, hawwe
ma uns in de Gahde gesetzt, un hawwe uns Pannekuche backe losse – es
worn krimenohlgute Pannekuche, so krachelich, es Maul wässert ma noch
danooch – un mei Mann hot sich e Budelch Eppelwei bestellt. Wie ma so
do sitze in da Hitt, un dischgerirn – ja, mei Mann hatt behaubt, die Kadoffel
dehte net gerohte, weil's so lang net gerejent hett – sie sinn owwa doch gut
ausgefalle un koche sich als noch ganz mehlig –, un wie ma do noch
dischbedirn –

Knippelius *(sieht seine Tochter, welche sich in eine Ecke zurückgezogen hat und
aufmerksam zuhört.)* Will-de enaus! Mußt-de Alles hehrn! Alleh! *(Bärbel ab.)*
No, Frah Gevaddan, weider im Text, wann's gefellig is.

Fr. Puttel. Wie mer so do sitze, kimmt uf ahmol Ihne ihr Fritz, setzt sich zu uns,
un ma worn so vagnihgt, gor vagnihgt. Mei Mann wor grohd recht munda,
un hatt de Eppelwei schunt e bisje im Dach, un hot lauder schwernothse
Späß gemacht. Nooch un nach sinn viel Leit kumme, un Musegande, un do
is in da Scheier gedanzt worn. Mei, sehkt mei Mann zu ma, wolle ma net
noch in unsere olde Daage en Hobsa minnanna danze? No, Se wisse,
Frah Gevaddan, wie ma noch junge Mäderger worn, howwe ma manch
Poor Schuh dorchgedanzt, ich wor der also net faul, ma gehn in die
Scheier un danze un danze, daß ich orndlich eschuffird wor. Uf ahmol
merke ma, daß des Bienche net bei uns wor – – ach Herr Jeses! mei
Arweitsbeidel! ach, der Hund hot mer'n jo in lauder kerzkrimmelklahne
Stickelcha varisse!

Knippelius. Sollt mer mahne! Will-de enaus! *(jagt den Hund mit Fußtritten fort,
welcher sich aber unter den Tisch bei Frau Puttel zu verkriechen sucht.)* Wort, du
Luder!

Fr. Puttel. Ach, Gott mei Klahd un mei weiße Strimp! der dreckig Hund hot mer
se ganz rujenirt! Losse Se'n doch geh, er schmeißt sunst aach noch de
Kaffee uf unsa Klahder!

(Es gelingt Knippelius, den Hund hinauszujagen.)

Fr. Knippelius. Ach Gott, wos werd die Frah Gevaddan denke! der ohsig Hund!

Knippelius. Nemme Se's net for ungitig, es ist noch e junger Hund, un seje Se, so e Kanallje hot kahn rechte Vastand un vabeißt Alles, wos-em in die Klubbe fellt. Es is nu emol gescheje, die Bärwel kann Ihne en annern Arweitsbeidel mache, un Se kenne jo nochher e Poor sauwere Strimp vun meiner Frah ohziehe.

Fr. Puttel. Ach es hett weida nix ze soge, wann mer mei Großmudda de Arweitsbeidel net geschenkt hett, wie se kunfermirt worn is.

Knippelius. No drinke-Se emol uf den Schrecke un soge Se uns, wie's weider in Drahse gange hot.

Fr. Puttel. Wo worn ich dann steh gebliwwe? Ja, also da Musjeh Fritz un mei Bienche worn adjeh. Nu hawwe ma gedenkt, sie hette uns valohrn, weil's so e großer Druhwel wor, un gehn im Gahde erum, un wolle sich e bisje ausschnaufe. Uf ahmol kumme ma an so e Hitt, un wos glaawe-Se? do sitzt Ihne ihr Fritz un mei Bienche, un hawwe sich um de Hals, un da Fritz hot grohd gesogt: ach Bienche, wann de nor wißt, wie gern ich dich hett. Wie er des sehkt, guckt sich des gottlos Mädche erum, sicht uns un kreischt: ach Jeses, mei Mudda! Do seyn se aus enanna gefohrn, als hett da Blitz in die Hitt geschlohge. Ich sog zu mei'm Mann: Kunrohd, sogt' ich, ma wolle duh, als hette ma nix geseje, daß es kahn Uflaaf gibt, sogt' ich, un sinn weida gange. Wie ma awwa de Owend dahahm worn, how ich se vorgenumme, un hob gesogt: du gottlos Stick, sogt' ich, will-de alleweil schunt Amuhrschafde ohfange? sogt' ich; lern erscht koche un nehe un wesche, sogt' ich, eh de an so Sache denkst, sogt ich, wie's dei Mudda aach gemocht hot, un hob se geschendt, daß kah Hund e Stick Brod vun er genumme hett. Nu how ich in mei'm stille Sinn gedenkt, es wehr gut, un wor ruhig.

Knippelius. Warum howwe Se mer dann des sellemol net glei gesogt?

Fr. Puttel. Ach, ich wollt kah Geschwätza ohfange. Des Ding wor gut, un es hot kah Mensch mehr droh gedenkt. Die vorig Woch wor emol des Bienche uf Besuch in Bessunge, un ich wollt in der öwwerschde Kommodschublohd ebbes suche, – ja mei Mann wollt e Poor frische Socke hawwe, weil er mit Salvehn imma so stack an de Fihs schwitzt. Ich such un such, un kann de Kommodschlissel net finne. Do geh ich dann im Bienche sei Schlofkawenettche, Se wisse jo des Stibche hinne enaus gleicher Erd, wo die Blummescherwe stehn, un denk, des Mädche hot en in seiner Stubb lije losse. Ich geh iwwa ihr Schublohd, un wos mahne Se, daß ich finn? En ganze Bindel Brief, lauder Liebensbrief von Ihne ihrm Fritz an mei Dochda.

Knippelius. Sollt mer mahne!

Fr. Knippelius. Do werd's ahm blimerant vor de Aage!

Fr. Puttel. Ich bin Ihne dann dem Mädche uf de Buckel gerickt, un do hot se ma gestanne, daß se sich schunt enanna schreiwe dehte, seitdem als da Fritz in Gieße wehr. Besinne Se sich, wos Sie duh wolle, ich will mit meim Kind schunt ferdig wern. *(Sie steht auf.)* Se wisse, daß se e Battie mache kann, also daugt's nix. Ich will mei Kind net in de Leit ihr Meiler bringe. Nemme Se mer'sch net iwwel, awwa e rechtschaffe Frah sorgt for ihr Kinna.

Fr. Knippelius. Es is gut, daß Se's uns gesogt howwe. Awwa wos eile Se?

Fr. Puttel. Ja, es werd bold vier Uhr sey, un do krije mei Leit ihr Dreiuhresse, un wann ich do net selbst dahahm bin, geht ma des Gesinn un die Buwe iwwa de Kischeschank, un reiße sich Ranke Brod erunna, un schmiern ma die Budda faustedick druf, wo se äwe so deier is. Fellmich-Ihne.

Knippelius. Besuche Se uns bald widder!

Fr. Knippelius. Un grieße Se ma de Libste!

(Frau Puttel ab.)

Achte Scene

Knippelius und seine Frau.

Knippelius. Des sinn mer sauwere Geschichte!

Fr. Knippelius. Awwer alderirt how ich mich iwwer die Frah merkwerdig! Wie se nor schwätzt! Als deht's er Schann bringe, wann der Fritz ihr Mädche gern hot! Sie braucht sich dick ze mache, mer wisse aach, wo se her is, un daß se von Haus aus kahn rohde Heller im Vermehje hot! Wos wor se dann, eh se der Puttel geheiroth hot? E Zappmädche in Bensem, un hot de Leit for'n Kreizer Schnabs eigeschenkt, un wann der lumbigst Bellmann is kumme, un hot for'n Kreizer Bier drinke wolle, so hot se'm ufworde misse, die Frah Hochmuth! Awwer se krikt's noch unner die Noos geriwwelt! Un do die Junfer Biene! Wann se kimmt, so schneidt-se immer so e superklug Gesicht, un duht so vornehm, als wehr se's, des raubig Ding! Sie werd satt krije an dem sauwere Musjeh, do dem hergeloffene Kammacher mit seim muffige Gesicht, dehre Schnabseil, do bin ich er gut davor!

Knippelius. Ja, des hot mich aach schwernoths gefuchst! Mer sinn doch Gott strohf mich net vun der Gaß ufgelese! Mei Urgroßvadda wor schun ohsässiger Metzjer hier, un e gescheider Mann hot mer emol gesogt, daß es schun in de älste Zeide Knippeliusse in Dammstadt gewwe hett!

Fr. Knippelius. Wann die Puttelen widder kimmt, do bring' ich des Dabeth uf's Zappe un frog se, wie viel des Gläsje Doppelkimmel zu ihrer Zeit in Bensem gekost hett, un wann se verberscht vor Zorn! Wo is mer mei Lebdoog so wos vorkumme! Dehde se de Schuster un Schneider bezohle, wo vun ahner Meß zu der annern wohrde misse, des wehr besser, als alle Gebott nooch Drahse un uf de Dippelshof ze laafe, un uf alle Kerwe erum ze fohrn! Ich mehkt nor wisse, wo se des Geld herkrije! Un wie du nor dazu kimmst, von gehle Riewe zu schwätze! Die lahft jetz glei iwwerahl erum un kreischt, ma dehte die purenzig Gehleriewebrih drinke, wo ich doch zu eme Kochens nor ah Koppche voll dazu duh. Ich hob's er wohl ohgemerkt, sie hot so e ohrtlich Gesicht gemocht, un hot aach in ihrer Unnertaß steh gelosse.

Knippelius. Des is mer ahnerlah, die moog soge, wos se will, die Leit wisse, daß es e Drach is un e Rässenirern. Awwer wos wolle mer dann mit dene Siwwesache mache? *(Deutet auf das Paquet.)*

Fr. Knippelius. Des werd all behalde, des kann die Bärwel aach brauche.

Knippelius. Un do den Brief! Kotz Krenk, er is gor net zugemacht! Kathrine, hol mer emol mei Brill *(er buchstabirt.)* »Ange – angebetetes Binchen.« *(Wirft den Brief hin.)* Es is mer zu kritzelig geschriwwe. *(Bärbel kommt.)* Da, do les de Brief vor!

Bärbel *(lies't.)*

»Angebetetes Binchen!

Auf den Flügeln der Liebe eilen meine sehnenden Wünsche und stillen Seufzer zu Dir, ewig Theure, begleitet von einigen kleinen Gedenkemein's, welche Dich an den fernen Freund bisweilen erinnern mögen. O könnte ich Dir sagen, wie sehr ich Dich liebe, wie manche Thräne mir seit unserer Trennung über die Wange geflossen ist: aber Worte vermögen es nicht auszudrücken. Hätte ich tausend Zungen, ich könnte damit die Größe und Treue meiner Liebe nicht aussprechen; hätte ich tausend Augen, sie hingen alle voll Sehnsucht an Dir, Du holder Angelstern aller meiner Wünsche, und ich würde sie mir alle blind weinen, wenn Du, mein Alles, mich jemals verlassen solltest. Doch nein, das wirst, das kannst Du nicht, sonst wäre die Wahrheit eine Lüge! Wirst Du mich denn bald mit einer Antwort beglücken? Lebe wohl und bleibe treu Deinem bis in den Tod Dich liebenden

Fritz.«

(Knippelius sieht seine Frau mit schweigendem Erstaunen an.)

Bärbel *(spöttisch.)* Der Fritz is jo e merkwerdiger Kerl!

Knippelius. Mer mahnt, heit hett's Alles druf obgesehje, mich zu ärjern: erscht krie ich des Flahsch zurickgeschickt mit de imperdenendste Grobheide, dann ärjer ich mich iwwer de Klahne, dann iwwer die Mammesell do, dann iwwer de Fritz, dann iwwer die Frah Gevaddaschen, dann widder iwwer de Fritz – Frah, schenk mer geschwind en Schnabs ei, vun dem biddere.

Fr. Knippelius. Do sieht mer jetz, wo des Hahdegeld hihkummt. Wahßt de wos, Balser, mer schreiwe dem Fritz, er sollt hahm kumme, do wolle mer'n schun in die Reih bringe! *(Ab, ebenso Bärbel.)*

Neunte Scene

Knippelius *(allein.)* Ja, der Fritz muß her, er verlawerirt ma zuviel Geld in dem Gieße. Ich wahß awwer, wos ich duh; ich will dene zwah die verliebde Gedanke aus-em Kopp bringe, do bin ich en blahnmäßig gut davor. Des Bienche soll sich umgucke, ich will-er e Ohdenke schicke, se soll droh denke!

Der Vorhang fällt.

Ende des ersten Aktes.

Zweiter Akt

Erste Scene

Einige Tage nachher. Knippelius Wohnstube. – Abend.
Frau Knippelius, Bärbel und Karlchen sitzen am Tisch.

Bärbel. Nah, lenger werd mi'm Esse jetz net mehr gewort, der Mann bleibt e halb Ewigkeit aus. Ich richt jetz oh. –

Karlchen *(vorlaut.)* Wann er net kimmt ze rechter Zeit, kann er esse, wos iwwerig bleibt.

Fr. Knippelius. Bist-de ruhig, du Unohrt, so ebbes derfst-de net iwwer dein Vadda soge!

Karlchen. Warum dann net?

Fr. Knippelius. Dorum! – Ich mahn, ich hett äwe des Hausdohr geh hehrn. Wos vafihrt der Mann nor for en Schbekdokel uf der Drepp, er is gewiß widder benewwelt. Geh enaus, Bärwel, un leicht-em!

Zweite Scene

Vorige, Knippelius (etwas illuminirt.)

Knippelius. Gunowend! No wos guckt-er? Hobt-er noch net ze Nacht gespisse?

Fr. Knippelius *(mürrisch.)* Mer worte schun de ganze Owend uf dich, des Esse is ganz vahuzzelt. Geh in die Kich, Bärwel, un hol die Supp un de Zerloht un die Worscht. Wo worscht-de dann widder so lang gewäse?

Knippelius. Des werd Kahns wos kratze.

(Bärbel trägt das Essen auf.)

Fr. Knippelius. No, sey nor net so korz obgeknippt! Ei Balser, wos machst-de dann? Du schneidet jo die Worscht mi'm Leffel!

Knippelius. No, so e Versehe kann dem schenste Mann bassirn.

Bärbel. Ich glaab, der Vadda hot e bisje gebechert, er macht mer so klahne Aage.

Knippelius. Gew' emol Owacht, wos ich der dei unnitzig Maul stopp! – Ich wor bei e poor gute Freind, un do howwe mer e Scheppche Wei minnanner gepetzt.

Fr. Knippelius. Host-de de Herr Gevadda aach gesproche?

Knippelius. Der Feichtlappe muß jo iwwerohl sey, wo's ebbes ze leime gibt! Do hot er mer wos in Kopp setze wolle, vun weje dem Spanjer, weil ich den

ohne Maulkorb erum laafe losse deht. Er hett neilich eme
Handwerksborsch die Hose varisse, un weil's der Knippeliussisch Hund
wehr, deht ich vun Bolezeiweje geknaßt wern. Wos hobt-er dann do for
Worscht?

Bärbel. Es is Kneppchesworscht, wo Se so gern esse.

Knippelius. Do wor aach noch so e valappder Kerl do, ich glaab es wor e
obgedankder Schulmahster, der hott sich als iwwer mich mukirn wolle, un
hot mich gefrogt, wos ich dann als schlochde deht. Do how-ich gesogt:
allerhand Gediehrsch, nor kah Esel, sunst wehr'sch bees for Ihne. Do hot
Alles gelacht, un der Kerl hot e Gesicht gemocht, wie e Dippe voll Deiwel.
Mer muß nor so eme Mensche glei uf's Maul gewwe. Is der Fritz als noch
net do?

Fr. Knippelius. Ich mahn, des seh'st-de.

Knippelius. An dem Licht is awwer e Dieb, ohrmsdick.

(Will das Licht putzen und putzt es aus.)

Bärbel. Wann Se's noch emol so mache, kann ich's aach.

Knippelius. Do nemm's Licht, un steck's draus oh, du Genslies! *(Greift nach
dem Licht und wirft die Suppenschüssel um.)*

Fr. Knippelius. Ach Herr Jeses! was macht der Mann! Mei ganz Klahd is de
Katze!

Knippelius. Du brauchst dich ze beschwehrn, mei Ausgehrock un mei Hose
sinn aach voller Supp!

Fr. Knippelius. So geht's, wann mer zu dief in's Gläsje guckt!

Knippelius. Hehr emol, Frah, wann de mahnst, ich wehr besäwelt, so bist de uf
em Holzwähk. Ich wahß Alles, do is die Lichtbutz, un do steht der Stuhl, un
do stehn die Dissel un die Scheller (Schüssel und Teller), also kannst-de
net behaupde, daß ich benewwelt wehr, un wann-de mich net bees mache
willst, so schwei mer davoh!

Bärbel. Ach Mudda, erzehle Se emol dem Vadda die Geschicht vun dem
schebbe Kehser, wo sich heit Morjend im große Wook hot erseife wolle.

Fr. Knippelius. Wahßt-de's noch net? No, der schepp Kehser bot immer so
stack gesoffe, un do is em Alles verkaaft worn, un er hot uf die Letzt nix
mehr uf Gott's Erdboddem gehatt, als wie er gange un gestanne is. Wos
duht er? Er geht an de große Wook, un springt dem Zappe enunner. Des
Wasser is em awwer ze naß gewäse, un do hot er gedenkt, so lang's noch
Schnabs in der Welt gehb, wollt er noch lewe bleiwe. Do bot er dann
merderlich um Hilf gekrische, un e Jud hot en zawwele un batschele un
kreische sehje, un hot aach gekrische, un do sinn e poor Leit kumme un
howwen-en erausgezoge.

Knippelius. Dodroh sollt sich e jedwedder Siffer e Exembel nemme! Abroboh!
Do driwwer fellt mer ei, es is mer gesogt worn, in Gieße wehr e
mordmehßiger Schbekdokel gewäse. Die Berjer un die Studende hette sich
krumm un lohm geschmisse, gehaage hette se sich wie die Danzbärn.

Fr. Knippelius. Do werd doch der Fritz net dabei gewäse sey?

Knippelius. Ich glaab ehr wie net, dann bei so Dinge is er der verderscht. Wann er nor ah sei Brijjel krickt hot, schadde duh'n se'm nix, es is kah Strahch verlohrn, ausser wo danehwe geht, un villeicht sinn-em do sei Bosse aus dem Sinn geschlohje worn, ha ha ha!

Fr. Knippelius. Gott, der ohrm Jung! Wie mohkst-de nor aach so Späß mache?

(Man hört Gepolter auf der Treppe u. Hundegebell.)

Knippelius. No, wen fihrt dann der Deiwel alleweil noch her?

Dritte Scene

(Die Vorigen. – Fritz mit einer Dogge.)

Knippelius. Gott verdoppel, der Fritz!

Fritz. Guten Awend Vadda, guten Awend Mudda!

(Gegenseitige Umarmungen.)

Knippelius. Do host-de jo schun widder en annere Hund, kotz Krenk, wos e Unfloht! No es is guht, daß de do bist, wann mer an de Esel denkt, kimmt er gerennt, äwe hawwe mer vun der gesproche. Wos is er so dick un so braht worn, es gibt en barwarische Schlingel!

Fr. Knippelius *(unschuldig.)* Ja, er kimmt ganz uf dich eraus.

Fritz. Ich bin schendlich mihd. *(Setzt sich.)* No wos gibt's Neies?

Knippelius. Ich hob gedenkt, du dehst uns en Sack voll Neiigkeide mitbringe, bei uns geht Alles noch de olde Gang. Awwer sog emol, Fritz, du kimmst jo so flick, ich hatt-der doch geschriwwe, du solltst dein Kuffert mitbringe.

Fritz *(etwas betreten.)* Mein Koffer? – Ja, stellt eich vor, wos mer do for e Bech bassirt is. Wie mer do zwische Fribberg un Butschbach worn, helt mei Kutscher uf ähmohl still, steit vom Bock, fengt oh zu fluche un seegt zu mer: steie Se emol eraus, ihr Koffer is abgeschnitte.

Knippelius. Schwernoth!

Fr. Knippelius *(gleichzeitig)* Ach Herr Jeses!

Bärbel *(gleichzeitig)* Do howwe mer'sch!

Fritz. Ich der net faul, stei eraus, do wor der Koffer fort, un die Sähler howwe noch dogehenkt.

Fr. Knippelius. Daß Gott erbohrm! Host-de dann all dei Sache im Kuffert gehatt?

Fritz. Ihr hatt mer geschriwwe, ich sollt herkomme, un da hatt ich all mei Sache zusamme in de Koffer gepackt.

Fr. Knippelius. Ach die feine Hemder un die scheene Schmihserger!

Bärbel. Ja, un die Himmelmeng Socke un Sackdicher, wo ich so lang droh gemocht hob!

Knippelius. Sollt mer mahne! So ebbes is mer noch net vorkumme. Host-de dann kah Ohstalde gedroffe, daß de's widder krickst?

Fritz. Ich hob's uf der Stell dem Borjermahster von Fribberg ohgezeigt un hoff, daß ich's widder krie.

Knippelius. In die Zeidunge muß mer's setze losse!

Fritz. Ja, des hatt ich aach gesogt, awwer alle Leit hawwe mer abgerathe, der Dieb deht sich dann nor noch mehr in Ocht nemme.

Fr. Knippelius. No do wolle mer des Best hoffe, grehm dich net so driwwer, Fritzje, wann's fort is, is es fort, un es hilft alles Lamendirn nix, un soviel howwe mer noch, daß mer dich frisch ausstaffirn kenne.

Fritz. Ja mir is es schendlich ärgerlich, ich hob jetz nix als wie ich geh un steh. Hett ich nor wenigstens mei Hefte noch!

Knippelius. Hoffentlich wersch-de se im Kopp howwe. Ich kann's awwer als noch net recht bedappele, erschtlich, daß der Kuffert am helle lichte Doog uf der Schossee is obgeschnitte worn, un zwahdendlich, du host doch do den Hund bei der, daß der'sch gelitte hott. Warum host-de der'n dann ohgeschafft?

Fritz. Ei vor Korzem sinn in Gieße sehr viel Diebstähl in meiner Nochberschaft vorgefallen un do how' ich mer de Ali ohgeschafft, weil er sehr wachsam is.

Knippelius. Des is mer e schee Wachsamkeit, leßt seim Herr sein Kuffert abschneide!

Fritz. Ja, wie der Koffer gestohle is worn, is er grohd vor der Schehs hergelaafe.

Knippelius. Mer wolle jetz still vun dene Sache sey. Den Hund seh ich kah vier un zwanzig Stunn im Haus, du brauchst kahn Hund, der der dei Ohschlähk frißt. Dei letzter Brief hot mer sehr mißfalle. Als Geld un Geld un widder Geld! Wann mer nor ahmol en Brief vun der hette krickt, wo de net um Geld geschriwwe hest!

Fritz. Ja, liewer Vadda, mei Krankheit –

Knippelius. Wann mer krank is, braucht mer noch weniger Geld, do kann mer net in's Werthshaus geh. *(Pfiffig.)* Du mußt doch aach in's Puttels geh un dich erkundige, wie die Brehwercher Tuwack gefalle howwe, wo's de besorgt host.

Fritz. Hoffentlich gut.

Knippelius. No wann's em nor Spaß macht. *(Bei Seite.)* Du werscht dich umgucke! *(Laut.)* Wos host-de dann do for en Rock oh, die Schwernoth, mer mahnt, du wehrscht e Sahldenzer!

Fritz. Ach, der Rock wor so obgeschohbt, do how ich mer die Neth mit Schnihrn besetze losse, daß mer's net so sieht, un dann, daß ahm die Philister kenne, daß mer e Studio is.

Knippelius. Philister? Wos sinn des for Leit?

Fritz. Des sinn die Berjer.

Knippelius. Ich will der wos soge, Fritz, un zwor in Giht: des Wort kimmt der net mehr iwwer die Zung in meiner Gejewort, dei Vadda is aach e Philister!

Host-de mich vastanne? E orndlicher Berjer is mer liewer, als so e verdorwener, hochmihdiger Student!

Fritz. No, Vadda, komme Se nor net glei aus dem Heisje, es is jo kah Schimpfname.

Knippelius. Baberlabapp! Ahmol for allemol, ich will's net mehr hehrn, es baßt sich net, Punktum!

Fritz. Bärwel, geh emol in die Eck, do steht mei lang Peif, hehrsch-de, ich will mer e Kleebche in's Gesicht stecke.

Bärbel. Wann der gnehdig Herr kummandirt –

Fr. Knippelius. No so mach fort, er is mihd, un duh-em de Gefalle!

Bärbel *(bringt eine lange Pfeife mit Pfundquasten.)* Ach Dunnerschdoog, wos e Peif, die wiehkt jo en Zentner!

Fritz. Do is mei Tawak, stopp mer se aach.

Knippelius *(hat schweigend und mit Erstaunen zugesehen.)* Weis emol her! *(Betrachtet die Pfeife.)* Des sinn doch lauder Lumbereie un koste Geld! E ehrdern Peifche wehr äwe so gut. Du werscht doch mit dehre Peif net iwwer die Gaß geh?

Fritz *(zündet die Pfeife an.)* Des seh ich net ei! E flodder Studio raacht en lange Klowe.

Knippelius. Des is e narrig Mode! Wann do Ahner herkimmt, un hot e bundig Dibbche uf ein Kopp, un so en Bojazzerock oh, un e Peif, wo lenger is als wie er, un e poor faustedicke Kwaste droh henke, do mahnt er, er wehr der Großmohkel, un wann er seim Hund peift, do guckt er sich stolz uf alle Seide um, ob's aach die Leid bemerkt howwe. Geht mer eweck mit eiere Nansbosse! Host-de net aach Spohrn an de Stiwwel?

Fritz. Ich draag kah mehr, ich bin e alt Haus.

Knippelius. Des merkt mer an deine Eifäll, un zudem host-de se im Kopp.

Fr. Knippelius. Fritzje, host-de dann kahn Hunger?

Fritz. Hunger how ich kahn, dann die Raas hat mich zu sehr ahgegriffe, awwer die Gorjel is mer ganz voll von dem verdammte Schosseestaab, der setzt sich ahm uf die Brust *(hustet)* – wann er villeicht ebbes zu drinke hett –

Bärbel *(spöttisch.)* Kahn rohde Wei howwe mer net.

Knippelius. Drauß in der Kich steht e ganzer frischer Zuwwer voll Wasser vum Ballaum, des is der gesindst Drank vor so junge Leit.

Fr. Knippelius. No Vadda, so gew-em doch vun dem Wei, wo mer vun Mainz krickt howwe, mer hehrt's-em jo oh, er hot en ganze raue Hals. Da, Bärwel, host-de de Kellerschlissel, bring ah (eine) vun dene Budelje newer'm Eppelbräht, steck mer owwer des Haus net oh. *(Bärbel ab.)*

Knippelius. Mei, Fritz, du werscht doch in Gieße Alles bezohlt howwe? Du host doch kah Schulde hinnerlosse?

Fritz *(verlegen.)* Ihr mahnt, ich hett Schulde? Ich hab Alles bezahlt, bis uf e paar Klepperschulde.

Knippelius. Wo host-de dann die Quiddunge?

Fritz. Die hatt ich in de Koffer gepackt.

Knippelius. E guhd Ausredd is drei Batze werth. Fritz, Fritz, mach deim Vadda kahn blaue Dunst vor, gesteh mer die Wohrheit!

Fritz. Wann Se mer so wenig draue, so kenne Se sich selbst erkundige. Ich hob Ihne noch net beloge. Howe Se mer e Bett in die Reih gemacht, Mudda? Ich will mich lehje.

Knippelius. Do bleibst-de, ich will's howwe! Wann-de die Wohrheit geredt host, so is es desto besser, stinkt's owwer in der Fechtschuhl, so hot dei Vadda aach e fei Noos. Verstandewu? Mer wisse mehr, als de vielleicht glaabst. Wos host-de dann uf der Brust, he?

Fritz. Uf meiner Brust? Nix!

Knippelius. Weis emol! *(Macht ihm die Weste auf.)* No, wos is dann des? Haaßt mer des nix?

Fritz. No wos mahne Se dann?

Knippelius. Wos ich mahn? Du host dich dujelirt un host dein Dreff ausgewischt krickt! Gell, mer sinn dem Borsch hinner die Schlich kumme?

Fr. Knippelius. Ach Gott, wann Der e bisje mehr enuf gefohrn wehr, do hett er der die Aage aus dem Kopp eraus haage kenne!

Fritz. So scharf schieße die Breiße net! No, wos mache die Verwandte? Ich muß doch morje emol mein Besuch mache, wann mer net de Schmierige bei-en spielt, nemme se's glei iwwel. Wohne des Puttels noch hinner der Waasebump?

(Bärbel kommt mit Wein.)

Bärbel. Nah, sie sinn ausgezoge, un wohne alleweil im Parrbraunegäßje. Des Bienche hot sich die Zeit schun efdersch nooch-der erkundigt.

Fritz *(gleichgültig.)* So? No des hot se umsonst.

Bärbel *(schadenfroh.)* Sie heirooth aach bold, do den junge Kammacher Nochtschadde, ich glaab bis Weinochte.

Fritz *(überrascht, nimmt sich zusammen.)* Wos geht's mich oh, meintweje heit.

Fr. Knippelius *(schenkt ein.)* Da, drink, Fritz, dehre ihr Maul geht wie geschmiert. No, Vadda, willst-de kahn Wei?

Knippelius. Owends vor'm Schlofegeh drink ich kahn Wei, er geht mer sunst zu sehr in's Gebliht, un macht mer de Kopp rewellisch. Hol mer liewer mei Gläsje Kimmel.

(Fritz hat schnell einige Gläser geleert.)

Knippelius. Des laaft jo enunner wie in en Strump! Ich glaab du bist hohl bis in die groß Zeh! Du brauchst dich net so zu dummele, der Mensch is kah Postgaul.

Fritz. Ach, ich wor in Gedanke.

Knippelius. Des glaaw-ich, dei Gedanke sinn immer bei'm Wei; wehrn se bei de Bicher!

Fritz *(gähnt.)* Ich bin hellisch schleferig. *(Wirft ein Glas.)* Der Wei is net iwwel. Mudda, howwe Se mer dann e Bett zuredet gemocht?

Fr. Knippelius. Ja, es is frisch iwwerzoge. Wo willde dann mit deim Hund hih die Nocht?

Bärbel. Der kann bei'm Spanjer bleiwe, die Hitt is groß genunk.

Fritz. Ich nemm-en mit enuf, er duht kah gut bei'm Spanjer, die dehte sich enanner uffresse bis uf die Schwenz. Er is aach ganz sauwer.

Knippelius. Ja, er kratzt sich alleweil e Bisje, des duht er awwer bloß for Blesihr, kah Fleeh bot er net.

Fritz *(steht auf, trinkt das letzte Glas.)* No, Genacht beisamme.

Vierte Scene

Vorige, ohne Fritz.

Knippelius. Der Bub will mer net gefalle. *(Betrachtet die Flasche.)* Net mehr so viel drin, daß e Mick drin ersaufe kennt. Ich wahß net, ob se's in Gieße gelernt wern, awwer soviel wahß ich, er kann's aus dem Fundement. *(Erhebt sich.)* Iwwrigens denk ich, is es Zeit, daß mer nooch Bettlehem gehn. *(Man hört die Töne einer Harmonika auf der Straße.)* Wos is dann des for e Gedudel do drauß die ganz Zeit?

Bärbel. Ach, des werd ahner von dene Schustersgeselle do driwwe sey, die howwe so Dinger, wann mer do droh zoppt, do peife se gor schee. Wann-se Feierowend howwe, do verfihrn se allemol noch so e Muhsik.

Knippelius. Die Doogdieb kennte aach wos annersch duh, als ahm die Ohrn voll bloose. No Genacht! *(Geht mit einem Lichte ab.)*

Fr. Knippelius. Willt du dich dann noch net lehje, Bärwel?

Bärbel. Lehkt eich nor, ich will noch des Gescherr spihle, mer hot sunst widder morje de ganze halwe Morjend zu fähje.

Fr. Knippelius. Mir zu Gefalle, awwer dummel dich, daß de dich aach uf dei Ohr lehje kannst. Des ohrm Kallche is jo werlich schun ganz ruhig eigeschlohfe. *(Sie nimmt das schlafende Kind auf den Arm.)* Kumm Herzje, dei Aagelcher sinn der zugefalle, ich nemm dich mit enuf in dei Bettche. *(Im Abgehen.)* Bärwel, daß de mer nor die Lichder orndlich ausmachst, daß mer nix ohgeht. Genacht beisamme! *(Ab.)*

Fünfte Scene

Bärbel *(allein.)* How-ich awwer net Juddeengste ausgestanne! Der Valdin is awwer aach gor ze dabbig. *(Sie öffnet das Fenster und hustet etlichemal.)* Steht er net drauß, un es rähjent vum Himmel erunner, der drei Mensch! *(Hustet.)* Da, do is er. *(Spricht leise zum Fenster hinaus.)* Gunowend Valdin! Alleweil hawwe se sich erscht geguscht – geh hinne dem Hofdohr erei, es werd noch uf sey, die Hausdihr mach ich der uf, duh nor langsam, do driwwe is noch Alles wach. *(Schließt das Fenster und geht nach der Thüre.)*

Ach, wos is doch die Lieb for e schee Sach, die leßt sich net obschrecke, un wann's rähjent, daß's drätscht. Kimmt er mer net vor wie der Leander im Schiller, wo als breß druf iwwersch Meer eniwwer zu seiner harrende Hero geschwumme is, bis en des dreilos Wasser enunner in sein kalte Schooß gezoge hot. Awwer Dunnerschdoog, ich hehr-en schun im Heefche erum stolbern.

Sechste Scene

Bärbel und Valentin.

Valentin. Goddemm, Bärwelche, des kann ich der schriftlich gewwe, do in dem Heefche is es so dunkel, wie in ere Kuh. Des Hofdohr wor schun zugeschlosse, do bin ich der mir nix dir nix mit Lewensgefohr driwwer gekleddert un hob mer dabei an so eine schwernothse Lattnogel mei gottsöwwerschte Hose verrisse. Awwer do dafor krie ich aach en Kuß. *(Küßt sie.)*

Bärbel. Geh, Schoode, wos bist-de so naß! – Wie ich dich drauß hob spiele hehrn: »Mädchen meiner Seele bald,« un es hot als vum Himmel erunner geschitt, do how-ich gemahnt, des Herz sollt mer verspringe. Setz dich e Bisje an de Owe un drucken dich, es is freilich kah Feier drin, awwer du mehkst sunst krank wern.

Valentin. Des duht mir all nix, ich hob in dene Sticke e Naduhr wie e Ochs. Is es dann wohr, daß der Fritz do is?

Bärbel *(setzt sich ihm vis-à-vis.)* Heit Owend is er kumme. Ach, ich hob der gor viel zu erzehle. Jetz werd's scheene Geschichte obsetze. Er hot's mit des Puttels Biene; die Puttelen will's awwer net leide, un hot kerzlich en merderliche Krawall ohgefange: do driwwer is der Vadda aach ganz ausschierig worn. Nu schickt neilich der Fritz en Brief, un dabei e Paketche an de Puttel, es wehr Tuwack. Des Päkkelche wor awwer schlecht verwohrt, un wor ufgange, wie mersch krickt howwe. Wos mahnst-de, daß drin gewäse wehr? Stell-der vor, lauder Bräsender an die Biene!

Valentin. Des wor recht schee vum Fritz.

Bärbel. No horch, wie's weider gange is, du derfst awwer kah Sterwenswertche eweck soge. Der Vadda nimmt in seim Zorn die Sache all eraus, un duht do dervor en scheene Fressihrkamm enei mit eine roserohde Bennelche, un dem Fritz sein Liebesbrief dazu, wo er dabei geschickt hatt, un leßt des ganz Kreemche in's Puttels drooge: jetz soll des Bienche glaawe, der Fritz deht-er'sch zum Uhz schicke, weil se battu de Kammacher do heirothe soll. Do krickt se dann en merkwerdige Gift uf de Fritz, un der wahß kah Dippelche davoh!

Valentin. Der Fritz dauert mich awwer doch. Des Bienche is sunst aach e orndlich Mädche, un der lumbig Nochtschadde hot's faustedick hinner de Ohrn sitze, der will bloß ihr Geld. Ich wor letzt emol dabei, do hot er sich im Schwane gerihmt, wie er'sch so piffig ohgefange hett: ich hett dem schlechte Mensche zwische die Herner haage mehje, daß er des Gedächtniß verlohrn hett. *(Zärtlich.)* Do sinn mir doch ganz annerscht,

Bärwelche, ich deht dich liewe, un wann de im nidrigste Stand gebohrn wehrscht, do soll mich der Deiwel quintweis hole, wann's net wohr is.

Bärbel. Des bin ich iwwerzeigt, Valdin, so wohr die Sunn scheint. *(Putzt das Licht.)* Sich, des Buch, wo de mer gewwe host, hot mich orndlich gedrehst. Wie is es Dehre erscht gange! Die ganz Welt hot sich geje se verschwohrn gehatt, un der bees Borgkapplan hatt se weis gemacht, ihr Liebhawer deht net mehr lewe: des hot se awwer all nix gekratzt. Is er doht, sehgt se, do wer ich em nachfolge, un hot sich schunt des Messer an Hals gesetzt: Batsch-dich, do kimmt er, un es geht Alles gut ob.

Valentin. Guckst-de, sie howwe sich krickt, un so werd's bei uns aach geh. Sich, ich wohlt, es wehrn alleweil noch die olde Zeide, wo mer sich so sei Schätz noch erowern kennt, meintwäje dorch Heldendahte: do bin ich der awwer gut davor, do deht ich mei Nodel un Bijjeleise in die Eck werfe, un Schwert un Schild ergreife, un enaus uf die Wannerschaft, un gefochte, wie die olte Ridder! Korahsch how-ich, des wahßt-de, un loß mich vun fufzeh, wie ich bin, net in's Bockshorn jooge – do will ich Gift druf nemme! – Do how-ich der e anner Buch mitgebracht, des mußt-de erscht lese, des werd der gefalle. *(Gibt ihr ein Buch.)*

Bärbel. Hot sich dann dei Unkel als noch net neher erklehrt?

Valentin. Er duht des Maul net davoh uf, do moog ich mit der Mistgawwel stichele, wie ich will. Ich kennt-em nu sei Geschäft fihrn, wie Gewerz, un er kennt sei olte Dooge in Ruh verlewe: awwer er will net. Schadde duht's weider nix, wann's aach noch e poor Johr dauert, des Geschäft gibt er mer doch noch, un du bleibst mer doch drei?

Bärbel. Ich glaab, du frehkst aach noch! Awwer horch emol! – es werd doch net – ach Gott, es kimmt jemand die Drepp erunner!

Valentin *(springt auf.)* Der Deiwel werd doch net sei Spiel howwe! Ich hob weider kah Forcht – awwer –

Bärbel. Dummel dich, spring in die Kammer! – Gott steh ahm bei!

(Valentin schlüpft behend in die Kammer, Bärbel verschließt die Thüre hinter ihm und steckt den Schlüssel ein.)

Siebente Scene

Bärbel, Fritz im Schlafhabit.

Fritz. Des is Schwein, daß de noch uf bist, ich hob en Dorscht, ich kennt de Rhei aussaufe. Geb mer emol e Budell Wasser her, ihr hobt en beese Rachebutzer im Keller, do kricht mer en deiwelmehßige Brand druf. Odder so e Werfche Biddere, der Vadda hot als drin steh. *(Geht auf die Kammer zu und versucht zu öffnen.)* Seit wann werd dann die Kammer zugeschlosse?

Bärbel. Wos wahß ich, es wern als allerhand Siwwesache drin ufgehowwe – wort, ich will der Wasser aus der Kich hole. *(Greift nach einer Bouteille.)*

Fritz. Warum lickst-de dann noch net im Nest? Is dann noch Ahns hunne? ich mahn, ich hett dich schwätze hehrn.

Bärbel. Es werd der gerabbelt hawwe. *(Ab.)*

Fritz. Des vielerlah Dorchenannerkneipe! es is mer ganz katzejemmerig zu Muth. Do drin dem Vadda sei Bidderer kennt mer uf de Strump helfe, des is e patenter Brampf, den setzt er sich alle Johr selbst oh. Villeicht schließt ahner von meine Schlissel! Do how-ich noch mein Giesser Stuwweschlissel – ich hett-en dort losse kenne, dann in meiner Stub is nix mehr zu hole – *(er probirt)* duht's net, er is zu groß – mein Kammerschlissel – aach nix. Wort ich krick dich doch! *(Man hört inwendig ein Gepolter.)* Wos Deiwel wor des? *(Bärbel kommt mit Wasser.)* Bärwel, alleweil hot's drin barwarisch gerumbelt! Schlehft dann jemand in der Kammer?

Bärbel *(verbirgt mühsam ihren Schrecken.)* Wo denkstde hih? es werd in deim Kopp gerumbelt hawwe, odder die Katz hot ebbes umgeschmisse. *(Spöttisch.)* Ich glaab gor, du ferchst dich!

Fritz. Geh, schnall dein Rand mit deine gensige Geschwätzer! Ich wahß, wie e Katz rumbele kann. Mer sollt doch emol nochsehje. Host-de de Schlissel net? *(Bei Seite.)* Es is mer nor um de Biddere zu duh.

Bärbel. Loß dich hahmgeije, wahßt-de net, daß-en die Mudda Owend's obzickt un in de Sack steckt? *(Bei Seite.)* Wos steh ich vor e Angst aus!

Fritz *(probirt einen andern Schlüssel.)* Ich mahn, mit meim Kommohdschlissel mißts geh.

Bärbel *(stößt ihn weg.)* Du werscht des Schloß verdrehe wolle!

Fritz. Geh mer vun der Seit! Du werscht mich so Sache lerne wolle! *(Wie er weiter probirt, hört man drinnen niesen.)* Der Deiwel, des wor genosse! Wor des widder die Katz? Es is Ahner drin, hol mich der Schwed! De Schlissel her! Laaf enuf un weck de Vadda! *(Schreit.)* Wort, Kerl, du bist des lawendige Dohts!

Bärbel. Ach Herr Jeses! Wos fang ich oh! *(Läuft weinend in der Stube umher.)*

Fritz. Genslies, des hilft nix! *(Springt an die Thüre und schreit hinaus.)* Vadda, stehe Se uf, bringe Se de Spanjer mit! es sinn Dieb im Haus, sie sinn iwwer Ihne ihrm Geldschenkelche! *(Das Gepolter in der Kammer nimmt zu, Bärbel lamentirt.)* Die Kerl brenne dorch, sie kenne ihr Schlupploch net finne! Bis der Vadda kimmt, kenne se des Haus fortdraage! *(Ergreift ein an der Wand hängendes Hackbeil und tritt die Thüre ein. Vergebens sucht ihn Bärbel am Arm zurückzuhalten; man hört in der Kammer das Klirren eines zerbrechenden Fensters, und sieht beim Aufspringen der Thüre Valentin eiligst durch's Fenster entwischen. Fritz hinter ihm her.)* Halt! Spitzbub, halt! *(Er springt ihm nach.)*

Bärbel *(ringt die Hände und sinkt in einen Stuhl.)* Gott im Himmel dort drowwe! wann er mein ohrme Valdin krickt!

(Man hört Fritzens Stimme noch in der Ferne: halt de Dieb!)

Achte Scene

Bärbel. Knippelius in der Schlafkappe, gestricktem Wamms und Unterhosen, ein Hackmesser in der Hand.

Knippelius. Wo sinn die Kanallje? *(Erblickt Bärbel, welche laut jammert.)* No, die lebt noch, sie kreischt wie e Dachmadder! Wo sinn dann die Gaudieb? Fritz! – Wo is er dann?

Bärbel *(Deutet sprachlos auf das offen stehende Kammerfenster.)*

Knippelius. Schlookfluß! Sie sinn schabbirt! Die wern sauwer Arweit gemocht howwe! *(Nimmt das Licht und geht in die Kammer. Verwundert:)* Des Schenkelche is jo noch zu! *(Schließt es auf.)* Do leit jo Alles noch in der schenste Reduhr! *(Sieht sich um.)* Es is jo kah Berscht gestohle! *(Ruft zum Kammerfenster hinaus.)* Fritz, sey kah Esel, es is jo noch Alles do!

(Man hört an das Stubenfenster pochen.)

Fritz. Macht uf!

Bärbel. Ach Herr Jeses, er hot-en!

Knippelius. Schließ-em uf – wos knottelst-de? Er werd doch net uf der Gaß iwwer Nocht bleiwe solle? *(Bärbel zögernd ab.)* Korahsch hot er im Leib wie e Derk! *(Stolz sich in die Brust werfend.)* Er schlehkt in dem Stick seim Vadda nooch!

Neunte Scene

Knippelius, Bärbel, Fritz (sehr beschmutzt.)

Knippelius. Host-de de Kujon?

Fritz. Er is dorch, wie der Schimmel dorch die Hecke! Baßt emol uf, wie mersch gange is. Wie ich der in meiner Eil dem Fenster enaus bin, sterz ich der Lengelang in's Floß uf die Noos, daß der Dreck iwwer mer zamme gespritzt is – ihr seht's jo. Ich der awwer net faul, raff mich uf: do wor des Oos schun um die Eck am Leewe erum. Ich kreisch, daß mer die Gorjel bold geblatzt is: Borjerrecht! halt de Dieb! Feier! un als hinner'm drin wie e Blutvergieße, awwer der Kerl muß unner de Hollenner gedient hawwe, so hot er die Bah geworfe. In der klahne Ochsegaß how-ich-en verlohrn: er muß sich in's Stinkgäßje odder nooch der Juddeschuhl zu rederirt howwe: zu Gesicht how-ich en net mehr krickt. Do how-ich Rechtsum schwenkt gemocht, awwer e ganzer Schwanz Mensche is hinner mer drin gezoge, un wollte all wisse, wo der Dieb wehr. Do how-ich gesagt: wann ihr'sch net wißt, so wahß ich's aach net, ufzuhewe hobt-er mer'n net gewwe, un hob-se steh losse. Drauß vor'm Haus steht noch e ganzer Drupp. No sogt emol, wos is dann gestohle worn? *(Zu Bärbel, welche ihre Freude kaum verbirgt.)* No, Junfer, wer hatt dann Recht gehatt?

Knippelius. Kah Undehtche is fort. Du host-se verdriwwe. Geb mer e Hand, Fritz, du host dich als e Mensch bewisse, wo Korahsch im Leib hot. *(Reicht ihm die Hand.)* Du bist mei brover Soh.

Fritz. Hett ich de Sackermender nor krickt, ich hett-em des Ganfe versalze wolle.

Zehnte Scene

Vorige, Frau Knippelius (in der Nachtmütze.)

Fr. Knippelius. Daß Gott erbohrm! Wos e Uhglick, wos e Uhglick!

Knippelius. No, die verschreckt ahm noch emol! Wos is dann schunt widder?

Fr. Knippelius. Ach, ich mahn, ich wehr uf-em Blatz des Dohts! Wos is dann bassirt? Drauß steht die ganz Gaß geracktevoll Mensche un schwätze vun Dieb!

Knippelius. Gell du drahmst noch? Do schwätzt selbst vun eine Uhglick und wahß vun gor nix! Es wor e Spitzbub im Haus, un der Fritz is-em nooch. –

Fr. Knippelius. Gott steh ahm bei! Hot-er der dann nix ze Lahds gedoh?

Fritz. Er wor froh, daß er des Lewe hatt un hot Bech gekaaft.

Fr. Knippelius. Do wälzt sich mer e zentnerschwerer Stah vum Herze! Hot-er dann die Werscht net mitgenumme, die wo im Schornstah henke? Un des Zinn in der Kich?

Knippelius. Ja, Werscht! An meim Geldschenkelche wor er, do hot-en der Fritz erdappt: der Esel hot aach des elft Gebott vergesse gehat. Wos die Leit do drauß vor en Zores mache! *(Öffnet das Fenster und spricht würdevoll hinaus.)* Meine liewe Mitberjer

(Stimmen von draußen:) Gunowend Herr Knippelius!

Knippelius. Gleichfalls, gleichfalls! Ich dank Ihne recht ufrichdig for Ihne ihr Deilnahm an meiner Wenigkeit, awwer es hot nix zu soge, es is kahns gestohle worn, Gott sey Dank, un setze se sich gefelligst mir zu Lieb dehre kalde Nochtluft net aus, wo äwe Alles vun der Gripp uf dem Sack lickt.

(Stimmen von draußen:) Wo hawwe Se dann de Dieb?

Knippelius. Wos de Dieb bedrifft, do how-ich des Vergnige Ihne zu melde, daß er glicklich dorch die Lappe gange is, un hot uns unser Bisje Sach gelosse: wann er net vun selbst kimmt, wern mer'n aach net krije. Ich winsch Ihne allerseits geruhsame Nocht!

(Stimmen von draußen:) Mer gradelirn Ihne, schloofe-Se wohl!

Knippelius. Dank Ihne, meine Herrn, dank Ihne, gleichfalls. *(Schließt das Fenster.)* Ehrliche Leit, die do drauß, sie halte e groß Stick uf mich, des muß ich-en losse.

Fritz *(hat den Bittern aus der Kammer geholt und präsentirt seinem Vater ein Glas.)* Vadda, drinke Se emol uf den Schrecke!

Knippelius. Des wor gescheid! *(Trinkt und präsentirt dem schmunzelnden Fritz das Glas.)* Du host aach en Worf verdient, drink, mei Soh!

Der Vorhang fällt.

Ende des zweiten Aktes.

Dritter Akt

Erste Scene

Puttels Wohnstube.
Binchen am Nähtisch.

Binchen. Ich will-en vergesse, un wann mer'sch noch so schwer werd. Er hot mich bitter beleidigt, wo ich doch werlich kahn Ohlaß gewwe hab. Wos how-ich net schun um en gelidde, wos hot mich die Mudda net schun ausgeschendt; ich hob's all erdraage: un zum Dank schickt er ahm en Fressihrkamm, des soll haaße: nemm du nor dein Kammacher, ich will nix mehr vun der wisse, un schreibt so en spettische Brief dabei, als wehrn's die greßte Bräsender! *(Halbweinend.)* Des how-ich mei Lebdesdaags vom Fritz net gedenkt, ich hatt-en so gern un hett mei Lewe for-en gelosse: un jetz kimmt er ahm so! Ach, un des Schlimmst is, ich kann's kahm Mensche klaage, sunst wer ich ausgeuhzt dazu. *(Sie stützt den Kopf nachsinnend in die Hand. Nach einer Pause:)* Un doch kann ich mer'n net aus dem Sinn schlaage! Jetz merk ich erscht, wie gern ich en hatt. Ach, un do der Nochtschadde! Ich kannen net aussteh, es werd mer allemol winneweh, wann er kimmt, un mit seine schmeichlerische Reddensorte ohfängt. Do wor der Fritz annerscht! Wann ahm der ohgeguckt hot mit seine blaue Aage un hot nor gesogt: Bienche, mir zwah bleiwe sich drei, do wor mer'sch ganz wohl um's Herz. Awwer do der Nochtschadde hot schun so e ahrtlich Stimm, un mer hehrt em ah, daß er net vun der Lewwer eweck redt: ich kann en net heirothe mit seiner rothe Noos, liewer bleib-ich e olt Junfer. Er richt aach immer so nooch Schnabs, ich glaab, es is e Erzsiffer, wie sich nor der Vadda un die Mudda vun dem Mensche so meege balwirn losse, die schwehrn Stah un Bah uf en.

Zweite Scene

Binchen. Nachtschatten.

Nachtschatten. Welches Glück, Sie anzutreffen, meine allerliebste kleine Huldgöttin! Und gar noch allein, ohne einen lästigen Zeugen! Werden Sie mir auch jetzt den Morgengruß von ihren zauberischen Lippen versagen? *(Er eilt auf sie zu.)*

Binchen *(unwillig.)* Gehn-Se mer eweck, Herr Nochtschadde, so derfe-Se mir net kumme, so weit sinn mer noch net.

Nachtschatten. Wie allerliebst Ihnen dieser zornige Blick zu Gesichte steht! Welch entzückendes Grübchen der Eifer auf ihre Rosenwangen zaubert! Doch ich verstehe, Sie muthwilliger Engel, Sie scherzen nur: so flehe ich denn auch im Scherze um einen Kuß, und Sie gewähren mir ihn im Ernste.

Binchen. Spohrn-Se die scheene Reddensohrte, es werd nix verrechent, ich
bin net vun dehre Ohrt.

Nachtschatten. Ist das die Sprache, welche die Braut mit dem schmachtenden
Bräutigam führt? Sie setzen mich in Verzweiflung, Sie bringen mich um,
Sie jagen mich dem kalten Tod in die Knochenarme!

Binchen *(lachend.)* Sie wern sich doch Ihne ihrn Hals net abschneide?

Nachtschatten *(in affektirter Verzweiflung.)* Ihr Spott könnte mich dazu bringen!
Fräulein Sabinchen – *(schmeichelnd)* ich habe die Einwilligung ihrer Ältern –

Binchen. Gehn-Se zum Benedick un losse-Se sich's wechsele.

Nachtschatten. Und noch immer halten Sie ihr Jawort zurück, welches mich
zum Glücklichsten unter den Sterblichen machen würde! Wenn ich nicht
wüßte, daß Sie mir nicht ganz abgeneigt seyen –

Binchen. Mache-Se nor die Rechnung net ohne de Werth.

Nachtschatten *(flehend.)* Binchen!

Binchen. Wos steht zu Befehl?

Nachtschatten. Binchen!

Binchen. No, wos wehr Ihne gefellig?

Nachtschatten *(eilt auf sie zu, und will sie umarmen, Binchen stößt ihn zurück.)*

Binchen. Losse-Se sich hahmgeije, selle Bihrn sinn gesse, Herr Nochtschadde!

Nachtschatten. Grausame!

Binchen. Deß is net die Ohrt, wie mer sich belibt macht! Sie hette schon lengst
merke kenne, daß es unschicklich is, sich so ellah bei mer in der Stubb
ufzuhalte.

Nachtschatten. Ich gehe mit blutendem Herzen. – Leben Sie wohl! – Sie
haben mein Inneres zerrissen!

Binchen. Schicke-Se's zum Schneider un losse Se's flicke!

Nachtschatten. Marmorbusen! Tigerherz!

Binchen *(beleidigt.)* Wann Se mer gor noch mit Schimpredde kumme, Herr
Nochtschadde, dann is es ganz ab!

Nachtschatten. Leben Sie glücklich! *(Rennt ab.)*

Binchen. Dank Ihne, gleichfalls! – Gott Lob un Dank! Wos e Imperdenenz, ahm
so ze schimpfe! Wann mer e Mädche gern hot, gibt mer'm doch werlich
kahn Nohme von eine wilde Diehr! Ich wer mich bei'm Vadda driwwer
beschwehrn, der Growwian! *(Sie setzt sich wieder an den Nähetisch, mit dem
Rücken gegen die Thüre gewendet.)*

Dritte Scene

Binchen, nach einer Weile Fritz.

Binchen. Der kimmt mer schee oh! Der kann zu seines Gleichens geh, ich will's em weise! Er schwätzt ahm die Ohrn so voll, daß mer net wahß, wo ahm der Kopp steht.

(Fritz schleicht herein und hält ihr die Augen zu.)

Binchen *(zornig.)* No, wos sinn des widder for ahfellige Späß! Losse-Se mich geh, Herr Nochtschadde, ich wahß, daß Sie's sinn mit Ihre Zudringlichkeite – losse-Se mich geh, ich kreisch Feier!

Fritz *(läßt sie los.)* Gundach, Bienche!

Binchen *(unangenehm überrascht.)* Sie sinn's, Herr Knippelius? Sie hett ich doch net erwart – ich kann werlich net begreife, wie Se ahm die Ehr schenke –

Fritz *(betreten.)* Seit wann haaßt-de mich dann Sie, Bienche, odder willst-de mich foppe?

Binchen. Herr Knippelius, ich muß Ihne bitte, des Du eweck zu losse, so nah stehn mer net. Wann Se ebbes mi'm Vadda odder mit der Mudda zu duh hawwe – der Vadda is ausgange, un die Mudda is in der Weschkisch, mit mir wern-Se hoffentlich nix zu schaffe hawwe wolle.

Fritz *(erstaunt.)* Ei, Bienche, hehr ich recht, odder how-ich mein Verstand verlohrn? How-ich der dann ebbes zu Lahds gedoh? Gell du host mein letzte Brief net krickt?

Binchen *(fast weinend vor Ärger.)* Wann-Se aach noch uhze wolle, Herr Knippelius, dann muß ich Ihne recht sehr bitte, mich mit Ihrer wehrde Gejewort zu verschone, es is unverscheemt genug, nooch solche Vorfäll ahm widder iwwer die Schwell zu kumme.

Fritz. So sog dann um Gotteswille, Bienche, wos is dann vorgefalle?

Binchen. Wann *Sie* net geh wolle, dann geh *ich*. *(Ab.)*

Vierte Scene

Fritz *(allein.)* Wos sinn des for Stinkereie! Sollt's werklich sein Grund hawwe mit dem Kammacher? Ich such'en uf Cerevis uf, un schmeiß dem Kerl alle Rippe im Leib erzwah! Un des Bienche hot sich so geschwind erumgedreht – ich wahß net, wie ich mer des zusamme reime soll. No, wort, ich will schun dahinner kumme! – Sie hot doch mein letzte Brief ohgenumme. Mer kann sich uf kah verlosse, sie sinn all falsch wie die Katze! Ich hatt dazu in Frankfort for mei letzt Geld e schee Nodelbichsche gekaaft: ich will's-er do losse, villeicht besinnt-se sich annerscht. *(Legt die Nadelbüchse auf den Nähtisch und geht.)*

Fünfte Scene

Fr. Puttel. Hot mer net sei Last un sei Kreiz Sela! Mei Vadda selig hot immer gesogt: du bist zu gut, du kimmst emol net dorch die Welt, un es is uf's Hoor eigetroffe. Per-Exembel, do mei Mann – der wer net iwwel, er folgt mer aach, wie sich's gehehrt, un mer lewe soweit ganz ahnig, bis uf sei schwernoths Unordnung. Annere Menner, wann die ebbes gebraucht howwe, do lehje-se's widder an sein Blatz, awwer der Puttel, der is im

Stand, un leekt de Stiwwelknecht in die Dischschubloht, un braucht die
Salveht for e Sackduch, alle Socke zickt-er verkehrt oh, wechselt um
dausend Gulde sei Stiwwel net, butzt die Schuh uf dem Kratzeise net ob,
daß mer allemol mi'm Besem hinner'm drin geh muß un kann kehrn: ich bin
mei Lewe mihd un satt iwwer den Mann! Noch ärjer alderir ich mich awwer
iwwer des Mädche! Is mer net uf ihr Glick versesse, wie der Deiwel uf e
ahrm Seel, un als kah Dank! Der Puttel bekimmert sich nix um die Sach,
dem wehr'sch glaaw-ich ahnerlah, un wann se en Dambohr heirothe deht.

Sechste Scene

Frau Puttel, Herr Puttel (in einem höchst unordentlichen Anzug.)

Fr. Puttel. Gott, wie sieht der Mann widder aus, wie vum Galje obgeschnitte! Is
es net e Schann un e Spott!

Puttel *(spricht sehr langsam.)* No, Fraache, uf wen bistde dann widder bees?

Fr. Puttel. Do kann der Mann aach noch frooge! Ich will's erlewe, daß de mich
noch doht ärjerscht mit dei'm schluhriige Wese! Loß dich emol beim Licht
bedrachte. *(Sie ergreift den geduldigen Ehegatten am Kragen, und mustert ihn
von Oben bis Unten.)* En Bohrt wie e Ijel, gewiß seit verzeh Doog net rasirt –
die West hinnerschtder-verderscht – wo host-de dann des Halsduch
herkrickt?

Puttel. Ei Fraache, host-de mer'sch dann net gewwe?

Fr. Puttel. Ich hett bold wos gesogt! Es is jo ahns vun deine blaue Sackdicher,
un des Halsduch werscht-de widder im Sack howwe! *(Sie zieht ein Halstuch
aus seiner Rocktasche.)* Do howwe-mer die Bescheerung! *(Drohend.)* Kumm-
mer noch ahmol so erunner! – Geh mer aus de Aage, ich will gor nix mehr
vun der wisse! *(Sie kehrt ihm zornig den Rücken.)*

Puttel. Sey nor net glei so bees iwwer mich, Fraache! *(Geht umher, als suche er
etwas.)*

Fr. Puttel *(erbittert.)* Wos, Fraache! Dem Deiwel sey Großmudda is dei Fraache,
mit deine dumme Redde!

Puttel *(beharrt in seiner Ruhe.)* Host-de mei braune Hose ufgehowwe? Ich such-
se schunt de ganze Morjend wie e Stecknodel.

Fr. Puttel. Meekt mer do net verzwazzele!? Guck dich oh, Ahfalt!

Puttel *(betrachtet sich; erstaunt.)* Der Dausig, Fraache, du host Recht. Ich hob-se
oh, do wor'sch freilich kah Wunner, daß ich-se net hob finne kenne.

Fr. Puttel. Des wahß ich, daß ich Recht hob, drum folg ahm aach in Zukunft,
wie's eine orndliche Mann zukimmt, un ärjer ahm net doht.

Siebente Scene

Vorige, Binchen (setzt sich schweigend an den Nähtisch.)

Fr. Puttel. Schneidt des Mädche net e Gesicht, als wolltse die Palz vergifte!
Schlaag-der'sch aus dem Sinn, es kann nix draus wern! E rebedihrlich
Mädche fengt eigentlich gor kah Liebschaft mit eme Student oh. Wos host-

de dann an em? Es is e windiger Borsch, un hot schunt mehr Geld
verlawerirt, als er emol krickt. Ohnedem hawwe's des Knippeliusse net so
dick dositze, dann wo der Olt gern sei Gläsje roppt, un der Soh de Große
spielt, un die Dochter nix duht als sich butze, do is bold ausgewerthschaft.

Puttel. Ich meegt nor wisse, wos se geje de Nochtschadde hot: ich hob alle
Reschbekt vor-em. Er is gewerfelt, fihrt e gebildt Sprooch, un hot sich
schunt sei Schefche geschoorn. Des Knippeliusse Fritz owwer scheint mer,
soviel ich vun der Sach versteh, gor kah recht Schenie zum Studirn zu
howwe, dann er raacht mer zuviel Duwack, un e gescheiter Mann vun hier
hot mich eftersch versichert, alle gescheite Mensche dehte net raache,
weil's de Verstand benewwele deht, er deht aach kahn raache. Ich raach
zwor dann un wann, awwer –

Binchen. Ach, schweit-mer doch endlich emol do davoh still. De Nochtschadde
moog ich net, un de Fritz moog ich aach net, also braucht-er mer net de
ganze Daag de Kopp voll zu brehbele.

Fr. Puttel (ereifert, stemmt die Arme in die Seite.) No, warum willst-de dann de
Nochtschadde net, ungerothe Ding? Willst-de dei Mudda unner die Erd
bringe? He? Du bist e Nogel an mei'm Sarg, du widderspenstig Krott!
Warum willst-de de Nochtschadde net? Antwort will ich howwe, uf der Stell!

Binchen. Es is e Siffer, dann er stinkt uf drei Schritt nooch Schnabs, un mahnt's
net ufrichdig.

Fr. Puttel. Ei du Schbekdokel! Wann ich so hett denke wolle, do wehr ich e alt
Junfer worn. Nooch Schnabs stinke! Wann er aach villeicht emol sei Gläsje
drinkt, dodrum kann er als doch e orndlicher Mann sey.

Binchen. Heint Morjend wor er do, un wollt mich erscht ambrassirn, un wie ich
des net gelidde hab, hot er mich e wild Diehr gescholle, ich wahß net mehr
recht, wie.

Puttel. Do hot-er Spaß gehatt, es is e lustiger Badrohn.

Fr. Puttel. Des Mädche hot Eifäll wie e olt Haus. Schlaag-der die
Hochmuthsgedanke aus dem Sinn, es bart all nix. Du werscht noch emol
froh sey, wann er dich nimmt.

Binchen. Wann er solang gesund bleibt –

Fr. Puttel. Kah Wort mehr! Dein aagesinnige Kopp wolle mer schunt korirn.
Host-de net mehr Lieb zu deine Eldern, du gottlos Stick? Heit iwwer verzeh
Daag is Verspruch, do moogst-de dein Mottekopp ufsetze, wie de willst.

Binchen. No, wann ich schweie muß, denk ich mei Dahl.

(Es klopft an.)

Fr. Puttel. Des werd der Herr Nochtschadde sey; – sey-em nor heflich, sunst
krickst-de mich an de Hals. Herein!

<h3 align="center">Achte Scene</h3>

Vorige, Nachtschatten (mit vielen Bücklingen.)

Nachtschatten. Habe die Ehre, mich Ihnen allerseits gehorsamer zu
empfehlen. (Halblaut und verbindlich zu Binchen.) Sind Sie mir noch böse?

Binchen. Gott soll mich bewohrn. *(Sie steht auf und will sich entfernen.)*

Fr. Puttel *(bei Seite, zornig zu Binchen.)* Willt-de dobleiwe, du ungezoge Stick! Nemm dich wohl vor mer in Owacht. *(Sie bringt Binchen durch drohende Pantomimen zum Sitzen. Laut.)* Sie wollt Ihne Blatz mache, Herr Nochtschadde.

Puttel. Losse-Se sich nidder, Herr Nochtwechder, odder – ich hob die Ehr, Ihne ihrn wehrdeste Nome net recht zu wisse – nemme Se's net iwwel.

Nachtschatten *(mit einem Diener.)* Nachtschatten, werthester Herr Puttel, Nachtschatten ist mein Name.

Puttel *(macht ebenfalls einen Diener.)* Danke der Noochfroog.

Fr. Puttel. No wos bringe-Se Neies? Sie wisse doch immer mehr als Unserahns.

Nachtschatten. Sehr verbunden. Haben Sie schon von dem Einbruch in verwichener Nacht gehört?

Puttel. Wos Se net soge! Ich wor doch gestert Middaag aus, do hot mer kah Mensch ebbes davoh gesogt. Wo dann?

Nachtschatten. Sie haben noch nichts davon vernommen? Ich mache mir ein Vergnügen daraus, Ihnen eine genaue Erzählung des Vorfalls mitzutheilen. Fräulein Binchen muß mir aber vorher versprechen, sich nicht fürchten zu wollen.

Binchen. Ich bin net so ferchterlich. *(Bei Seite.)* Des wehr der Werth!

Nachtschatten. Der Einbruch geschahe bei einem Metzger, wenn ich nicht irre, so heißt er Knippelius.

Alle. In's Knippeliusse?

Nachtschatten. Aufzuwarten. Alles hatte sich in dem Hause desselben zur Ruhe begeben.

Puttel. Es is merkwerdig!

Nachtschatten. Wie ich Ihnen sage, werthester Herr Puttel. Plötzlich vernimmt der Sohn, ein von der Universität zurückgekehrter junger Mensch –

Fr. Puttel. Des is niemand annerscht, als der Fritz.

Nachtschatten. Dieser also vernimmt neben seiner Stube ein Geräusch. Er ermuntert sich, reibt sich die Augen, und hört deutlich, daß jemand in dem anstoßenden Kabinet herumtappt. Voll Unbesonnenheit, – jeder Vernünftige würde die Leute geweckt haben – voll Unbesonnenheit springt er in das Kabinet, als er sich plötzlich in der Dunkelheit von drei baumstarken Kerls mit Säbeln und furchtbaren Schnurrbärten gepackt und niedergerissen sieht –

Puttel. Hot er se dann net gekennt?

Fr. Puttel. Du hehrscht jo, daß es stockdunkel wor.

Nachtschatten. Er ringt mit ihnen – sie setzen ihm ihre Pistolen auf die Brust, und drohen ihn zu erstechen, wenn er nur den geringsten Laut von sich gäbe. Einer beraubt inzwischen den Geldschrank seines werthvollen

Inhalts. Der junge Mensch in seiner Todesangst wagt nicht, um Hülfe zu
rufen – er wird grausam mißhandelt, und wie ich höre, zweifelt man an
seiner Rettung. Nach vollbrachtem Raub entfernen sich die Banditen
vermittelst einer Strickleiter durch den Schornstein.

Puttel. Gott, wos gibt's for schlechte Mensche!

Fr. Puttel. Morje des Doogs misse drowwe die kabuttene Lähde gemocht wern.

Nachtschatten. Hören Sie gefälligst weiter. Der junge Mensch erweckt durch
sein Geschrei die Nachbarschaft: das Volk läuft zusammen. Inzwischen
wacht auch der Metzger auf, und findet seinen Sohn halb entseelt im Blute
schwimmend.

Binchen *(bei Seite.)* Du Lijegusch!

Fr. Puttel. Der ohrm Jung!

Nachtschatten. Kennen Sie denselben?

Fr. Puttel. Ach jo, er is als friher in unserm Haus ei un aus gange.

Binchen *(lachend.)* Ja, un wor erscht heit Morjend do!

Nachtschatten *(stellt sich erstaunt.)* Wie wäre das möglich!

Binchen. Ja, un hot frisch un gesund ausgesehen un hot nooch-der gefroogt,
Vadda.

Puttel *(erstaunt.)* Des is awwer doch merkwerdig merkwerdig. Heint Nocht in
seim Blut erumgeschwumme, un de Morjend druf uf de Bah! Des haaß ich
mer e gut Naduhr.

Binchen. Ach gehn-Se doch, Vadda, losse-Se sich doch nix weiß mache. *(Zu
Nachtschatten.)* Wie hot's dann der jung Mensch abgestellt, daß er in dehre
stockdunkele Stubb dene Reiwer ihr Schnabbährt hot sehe kenne? Do mißt
er grohd die Stadtbrill ufgesetzt howwe!

Fr. Puttel. Des mißt doch e Verwechselung sey, Herr Nochtschadde.

Nachtschatten. *(Für sich.)* Verwünscht! *(Laut.)* Möglich, obwohl – doch von
etwas Anderem zu reden. *(Zu Putteln.)* Was machen Ihre
Gliederschmerzen? doch hoffentlich besser?

Puttel. Ihne ufzuworte, es geht äwe recht gut, nor im Gnick reißt mer'sch als
noch ganz merkwerdig, un in de Ahrm spihr ich so e Juckens un e Reißens
eriwwer un eniwwer, am Ärgste awwer rumuhrt mer'sch im linke Hinnerfuß,
wann ich dedruf drehte duh, mahn ich, ich mißt in die Lifte fohrn vor
Schmerze. Ich bin gor nix mehr nutz.

Nachtschatten. Verlieren Sie nur den Muth nicht, es wird wieder besser
werden.

Puttel. Ich wißt net, wos ich drum gehb, wann ich in annere Umstende wehr.
No, Sie greife schunt nooch dem Hut?

Nachtschatten. Ja, ich bedaure, des Vergnügens ihrer angenehmen
Unterhaltung mich berauben zu müssen, da mich pressante
Angelegenheiten dringend nothwendig abrufen. Habe die Ehre, mich zu
empfehlen. *(Er geht mit einem schmachtenden Blick auf Binchen.)*

Puttel. Seyn-Se so frei, un kumme Se bald widder.

(Puttel und seine Frau begleiten ihn zur Thüre hinaus.)

Neunte Scene

Binchen *(allein.)* Wos is er ohgeloffe mit seim Luck! Wort nor, ich will-em schunt
sei Dippche ufdecke! Gemerkt muß er'sch howwe, wos ich uf en gebb. Die
Mudda hot mer awwer aach Blick zugeworfe, es is mer angst un bang
worn. Alleweil werd sich im Gahrte ebbes zu schaffe gemocht, sunst fellt se
widder iwwer mich her, daß kah gut Hoor an mer bleibt. *(Durch eine
Seitenthüre ab.)*

Zehnte Scene

(Die Bühne verwandelt sich in eine Partie des Herrngartens in der Nähe des Tempels.)

Fritz *(tritt nachsinnend auf, die Hände auf dem Rücken; nach einer Pause:)* So dief
haw-ich mei Lebdaag noch net im Bech gestokke! Desmol geht mer'sch an
de Kraage. Lang kann ich's doch net mehr verdukkele, un wann ich's noch
so piffig ohfang. Die Geschicht mi'm Koffer loß ich mer noch so halb un
halb gefalle – es is mer zwor vorkumme, als deht der Vadda Lunde merke.
Des wehr e Kunst gewese, mein Koffer obzuschneide – den hett ich sehe
meege, der des Kunststick gemocht hett! Alles verkeilt! Wann se des wißte,
es gehb en Mordrandal. Jetz how-ich se weiß gemocht, ich hett kah
Schulde, un ich heng noch mit ere Maß Philister: wann die Kerl schreiwe,
un es werd ahner vun ihre Drehtbrief abgefaßt, dann fall ich bedeutend in
die Brich. Des Schlimmst is awwer, daß se mahne, ich wehr vun selbst vun
Gieße eweck gange: äwe hatt ich ihrn Brief krickt, wie mich des Discippel
zum Deiwel gejagt hott, weil ich mich so musterhaft ufgefihrt hob. No, wos?
Schlechtigkeite how-ich kah begange, un weje ere Baukerei geschickt zu
wern, des kann dem solidste Kameel bassirn. O weh, wie is der Borsch
gedrickt! Un dann noch die verdammt Geschicht mi'm Bienche! Wer dehre
die Fleeh in's Ohr gesetzt hot, der is sei bisje Lewe net sicher vor mer!

Es is eigentlich schendlich vun mer, mei Alte so hinner'sch Licht zu fihrn,
awwer wos bleibt dem Borsch iwwerig? Es gescheidst wehr, ich deht Alles
beichte. Dorch die gestrig Diebsgeschicht how-ich mich in e gut
Renommée gesetzt – mi'm Studirn is es doch nix, des how-ich gewißt, wie
ich als Fuchs nooch Gieße bin gange. E Metzjer fihrt e viel fideler Lewe –
do braucht mer nix zu ochse, un kann aach e ehrlicher Mann sey. *(Er geht
nachdenkend auf und ab.)*

Alleweil is mer e Nochtlicht ufgange! Bei der erschte Gelejenheit werd dem
Alte gesogt, wo der Borthel de Most holt. Wie will ich's-em awwer
beibringe? Er hot sei Fliß, wann-em ebbes dawidder schnappt. – Wann ich
nu kehm, un deht soge – richdig, so werd's gemocht! – Heit Owend, odder
wann's is, wann er sei Werfche hot, daß er gut gelaunt is, dann rick ich-em
uf de Leib un soog: Liewer Vadda, es hot mer schun lang lahd gedoh, daß
ich Ihne in Ihre alte Daage im Stich losse sollt, un ich hob nor studirt, weil
sich's die Mudda battuh in de Kopp gesetzt hatt – ja, so werd's geh! – weil
ich awwer immer gedacht hob: du mußt deim Vadda unner die Ahrm greife,
do how-ich gemocht, daß ich relegirt worn bin, un jetz will ich Metzjer wern

un bei Ihne bleiwe. Des geht wie Damp! Ich meegt Borzelbehm schlaage vor Frahd iwwer den gute Eifall! Dann wern mei Schulde gebeicht, un wann er aach noch so wild werd, de Kopp kann er mer doch net obreiße! Die Sach mi'm Bienche werd sich dann aach widder mache – es is so der Allerbest – liewer e orndlicher Metzjer als sich die Aage blind ochse.

(Valentin, elegant gekleidet, eilt mit einem grün eingeschlagenen Kleiderbündel geschäftig über den Hintergrund, ohne Fritz zu bemerken.)

He! Valdin!

Eilfte Scene

Fritz, Valentin (dreht sich schnell um und fährt zusammen, da er Fritzens ansichtig wird.)

Fritz. Laaft der Kerl net, als kreeg er'sch bezahlt!

(Valentin kommt schüchtern näher.)

Fritz *(schüttelt ihm die Hand.)* Wie geht der'sch, Alter?

Valentin *(äußerst verlegen.)* Guck emol oh, der Fritz ich hob gor net gewißt, daß de do bist. *(Für sich.)* Er werd mich gewiß zor Redd stelle wolle. *(Laut.)* Ich hett dich schunt besucht, owwer ich geh gor wenig aus, besonnersch Owends.

Fritz *(lacht.)* Ei du Simbel, wie kannst-de mich dann besuche, wann de net wahßt, daß ich do bin? Un Owends dehst-de net ausgeh? des mach en Annern weiß.

Valentin. *(Für sich.)* Ich bin verlese, er hot mich gekennt. *(Laut.)* Ich kann mich net ufhalte, ich hob do en Rock – es bressirt –

Fritz *(hält ihn.)* Der werd worte kenne, ich hob dich iwwer e Meng Sache zu frooge.

Valentin *(in großer Angst.)* Ich wahß nix – loß mich nor geh!

Nachtschatten *(mit einem Quastenstock, ein Liedchen trällernd, geht gravitätisch vorüber.)*

Fritz *(läßt Valentin los.)* Halt, do kimmt mer Ahner in de Worf – Schieb dich! – uf Den how-ich's schun lang geminzt – mit Dem will ich emol unner vier Aage Frakduhr schwätze.

Valentin. No, viel Bläsihr! *(eilig ab.)*

Fritz *(ruft Nachtschatten zu.)* Sie! Bst! Sie! Worte Se emol, ich hob en Ufdraag an Ihne.

Nachtschatten *(dreht sich hochtrabend um.)* Meinen Sie mich?

Fritz. Wen dann sunst? *(Für sich.)* Wort, Kerl, dich will ich koranze! *(Barsch.)* Schreiwe Sie sich Nochtschadde?

Nachtschatten. Aufzuwarten. Dürfte ich fragen –

Fritz. Des wern-Se noch frih genug hehrn. *(Für sich.)* Ich will emol recht de massive Studio eraushenke! *(Laut.)* Sie hawwe Absichte uf e gewiß Mädche –

Nachtschatten. Allerdings! Und warum interessirt es Sie?

Fritz. Wie kenne Sie Knotch mit Ihrm Reiweisegesicht un Ihrm Kerschehooke vun ere Noos Absichte uf e Mädche howwe? mer mahnt jo, der Deiwel hett Erbse uf Ihne Ihrm Gesicht gedrosche! Losse-Se sich's vergeh, sie maag Ihne gor net, des will ich Ihne schriftlich gewwe.

Nachtschatten *(aufgebracht.)* Mein Herr – Sie werden impertinent.

Fritz. Worte-Se, es kummt noch besser. Gucke-Se sich emol um, es is kah Mensch un kah Seel in der Neh, un wann Se ihrn Schnawwel zu weit spazirn losse, do haag-ich Ihne, daß Se an Gott verzweifele!

Nachtschatten *(etwas eingeschüchtert.)* Sie werden sich doch keine – Gewaltthätigkeiten erlauben!

Fritz. Ich will mich net an Ihne vergreife, dann Sie sinn nor e Gedanke vun eine Mensche. Wann-Se awwer die Geschicht mit dem Mädche net ufstecke, do haag ich Ihne uf die Vernunft, daß Se de Glaawe verlihrn! Gehn Se hih un suche Se sich so e Krott wie Sie sinn, un wo aach so en Zinke im Gesicht hot, die baßt sich zu Ihne: des anner Mädche awwer losse Se ungeschoorn, un wann ich hehr, daß Se's doch net unnerlosse, dann dreh ich Ihne des Gesicht hinne hih! Do kreht doch kah Hahn danooch, wann mer Ihne kabutt uf der Gaß deht finne, die Leit dehte glaawe, es hett Ihne e Gardreider aus Unversichtigkeit doht gedrähte.

Nachtschatten *(giftig.)* Keine Injurien! Verstehen Sie mich? Ich bin Bürger – verlange Satisfaktion!

Fritz. Ei du verdammter Philister, du willt dich geje en Studio mukirn? *(Faßt ihn an der Brust und schüttelt ihn.)* Kerl, ich brech dich uf dem Knie erzwah, du Ahdorm!

Nachtschatten. Hülfe! Mordjo!

Fritz. Ja, kreisch, bis de schwaz werscht, Kwadutter! Da, do host-de Satisfaktion! *(Gibt ihm eine Ohrfeige und wirft ihn weg.)* Geh hahm, un soog, es kehm drihb!

Nachtschatten. Das soll Ihnen theuer zu stehen kommen! *(Er rennt ab.)*

Zwölfte Scene

Fritz *(ruft ihm nach.)* Du werscht's-em gewwe! Laaf zum Deiwel, jetz wahßt-de, wos-der im Gorte wechst! – Ich wollt, des Bienche hett gesehe, wie ich mit ihrm Pousseur umgesprunge bin, ich glaab, sie hett de Gusto an em verlohrn. Zwor verkeilt kann se net in en sey; ja, ich wollt's zugewwe, wann er net die barwarisch Noos hett – des Thernche uf dem Mellebokes is nix dageje; – sie deht mich werlich dauern. Awwer do drummelt's schun uf die Barrahd, un in mei'm Maage drummelt's aach: ich will mache, daß ich hahm kumm. *(ab.)*

Der Vorhang fällt.

Ende des dritten Aktes.

Vierter Akt

Erste Scene

Wohnstube.
Fritz und Bärbel.

Fritz. Bärwel, es is gut, daß ich dich ellah hob, ich will dich iwwer ebbes befrooge.

Bärbel. Un des wehr?

Fritz *(schmeichelnd.)* Sich, Bärwelche, ich wor der immer gut, un hob der schun manchen Gefalle gedoh: jetz is die Reih an dir. Du bist schun lang dahinner kumme, wie's zwische mir un des Puttels Bienche steht. Jetz kumm ich vun Gieße, un frah mich wie e Kind, daß ich se emel widder seh: un wie ich heit Morjend hihkumm, drakdirtse mich per Sie, is mer grob, un seegt, ich sollt die Blatt butze. Es muß wos vorgefalle sey, Bärwelche, un du wahßt's. Soog mer die Wohrheit, ich duh der aach emol widder en Gefalle. Hot-se werklich e Aag uf den Kammmacher?

Bärbel. Guck emol Ahns, sunst is er ahm säugrob un maldredirt ahm, wo er kann, un wann er ahm braucht, do kann er heflich sey!

Fritz. No, Bärwel, redd offenherzig, ich hob der aach wos mitgebrocht.

Bärbel. Des werd ebbes Rechtes sey!

Fritz *(zieht eine Scheere aus der Tasche.)* Da, des is e fei englisch Scheer, die how'-ich von mei'm letzte Geld in Frankfort gekaaft, do braucht sich uf Cerevis die vornehmst Dam net zu scheeme.

Bärbel. Du bist net so dumm, als de aussiehst. Die host-de dem Bienche gewwe wolle, un wie dich die hot obfohrn losse, willst-de mich weis mache, als hest-de se for mich gekaaft.

Fritz. Sey doch net so mißtrauisch!

Bärbel *(betrachtet die Scheere.)* Die is noch schenner, als des Hummels Regine ihr. No, wann's de's dann wisse willst: des Bienche is richtig versproche.

Fritz. Also in des beesohrtig Kamuff hot sich des Bienche verkeilt! Des is net menschemeeglich!

Bärbel. Net annerscht. Die Puttelen wor aach vor e Daager verzeh exbreß do, un hot davoh gesproche. Merderlich hot-se iwwer dich räsennirt, un hot gesogt, aus eierer Liebschaft kennt nix wern, sie wer schun vergewwe.

Fritz. Ich wohlt, daß se feierig geh mißt! Drum wor des Bienche so bredahl! No, un is dann des Bienche eiverstanne?

Bärbel. Demnooch. Sie is aach immer vun annere Mäderger weje dere Studendeliebschaft geuhzt worn.

Fritz *(ärgerlich.)* Wann die Besem nor all ihrn Rand schnalle dehte, un dehte ihr Noose in ihr Nehzeig stecke! Noch Ahns! Is dann des Päckelche besorgt worn, wo ich mit mei'm letzte Brief geschickt hatt?

Bärbel *(lachend.)* Des wollt ich mahne!

Fritz. Ihr werd't mer doch nix mit gemacht hawwe? Ei des Dunnerwetter, wos host-de dann do for en Kamm uf?

Bärbel. Es is e neimodischer. *(Läuft nach der Thüre.)*

Fritz. Halt emol, Bärwel! noch ah Wort!

Bärbel *(an der Thüre.)* Ich will die Scheer browirn!

Fritz. Bleibst-de, odder ich soog dem Vadda die ganz Geschicht mit deim Schneider! *(Bärbel schnell ab.)* Sie hot e Liebschaft mit em, des how-ich längst gemerkt.

Zweite Scene

Fritz. Des is mer zu rund! Wie kimmt se zu dem Kamm? Ich kenn-en noch ganz genau, ich how-en in Gieße vum Leb gebumbt. Ich wer noch ganz welsch, wann ich net bold hinner die Schlich kumm.

Dritte Scene

Fritz, Karlchen (kommt mit einem großen Stück Butterbrod.)

Fritz. Halt, villeicht kann ich bei Dem ebbes erausluppern! Kallche, geh emol her zu mer, du bist aach mei.

Karlchen *(kauet an seinem Brod.)* Wos willt-de?

Fritz *(nimmt ihn auf den Schoos.)* Bist-de dann recht broov gewest die Zeit?

Karlchen. Ja. Warum host-de mer dann nix mitgebrocht?

Fritz. Geh', Schootche, als wann ich der nix geschickt hett, du klahner Uhzer! Wo host-de dann des schee Reidergeilche?

Karlchen *(sieht ihn verwundert an.)* Wos?

Fritz. Geh', stell dich nor net, als hest-de's net krickt! Du wahßt doch, wie des letzt Päckelche kumme is, wo so scheene Spielsache for dich drin worn?

Karlchen. Des wo an's Puttels?

Fritz. Nadihrlich! Des is doch net recht, daß se der die Sächelcher net gewwe hawwe, wo ich for dich bestimmt hatt; die hawwe-se gewiß eme annere Kind gewwe. Ich mehkt nor wisse, wos se mit ohgefange hawwe.

Karlchen. Ich wahß.

Fritz. Geh, Nerrche, du werscht's wisse, des glaw-ich der net.

Karlchen. Un doch! der Vadda hot der Bärwel Alles gewwe, un hot en Fressihrkamm in's Päckelche gedoh –

Fritz. Un hot's in's Puttels geschickt?

Karlchen. Ja, ich derf's awwer net verrothe.

Fritz *(springt auf.)* Jetz wahß ich, wo der Wind her peift! Da, host-de en Kreizer, Kallche – *(sucht in der Tasche.)* No, ich kann äwe kahn finne – bis Weck krickst-de en Sunndaag, droll dich! *(Er eilt ab.)*

Karlchen *(weinend hinter ihm drein.)* Mein Kreizer! mein Kreizer!

Vierte Scene

Knippelius. Der Jung dauert mich, owwer ich kann-em net helfe. Ich halt's for's Best, ich schick-en widder nooch Gieße, daß-em die Straach vergehn, dann ich hob gehehrt, wann Ahner rechtschaffe studirn deht, do kennt gor kah anner Narrheit in seim Kopp ufkumme. So hot's mei Vadda seelig mit mir aach gemocht. Ich hatt do e Aag uf e Mädche in der Nochberschaft geworfen – Evche hot se gehaaße – un wie's mei Vadda net zugewwe wollt, aus driftige Grinde, stell ich mich jo mir nix dir nix uf die Hinnerfihß un soog: es hilft un batt nix, ich nemm-selbst doch, un wann der Deiwel uf Stelze geht! Mei Vadda seelig wor e verninftiger Mann un wor lang in Schlesinge gewäse, wos sehkt der dazu? Kah Silb! Awwer e poor Woche druf kimmt er mit eine Brief in der Hand un sehkt: Balser, do how' ich en Brief krickt vun eme gute Freind in Dibborg, er breicht en Gesell, mach dich ferdig. Des wor mer e Schlook in's Kondohr, owwer ich hob gewißt, daß mei Vadda seelig kahn Spaß verstanne hot, pack der mein Bindel un stolber nooch meim Dibborg. Do how-ich zwaa Johr bei Ahm namens Blenz geschafft, des wor e orndlicher Mann un hot die beste Werscht in ganz Dibborg gemocht. Ohfangs wor ich e ganzer Narr, un hob de Kopp henke losse, wie e krank Schoof, owwer nochgehends hot sich's verlohrn, ich hob geschafft wie e Feind, breß druf geschlocht un Werscht mache helfe, un do driwwer is mer mei Liebschaft aus dem Kopp kumme. Un wos wor'sch so gut! Des Evche hot indesse en Gewerzkreemer genumme, hot Stange in Kopp krickt, die Haushaldung wor schlambig un lidderlich, un es hot e bees Enn mit-er genumme. – Des Puttels Mädche is, soweit mer hehrt, ganz orndlich: wo se owwer schun versproche is, soll mei Fritz sein Schnawwel davoh losse, wo er ohnedem vor de erschte zeh Johr an kah Heirothe denke kann.

Fünfte Scene

Knippelius, Fritz (eine Schürze vor, mit aufgestreiften Hemdeärmeln.)

Fritz. Wos dann mit dem iwwerig gebliwwene Speck gemocht sollt wern?

Knippelius. Wos Dunnerwetter, wie kimmst-de zu dem Ufzuck?

Fritz *(gleichgültig.)* Ich hob drauß dem Melcher e bisje Worscht hakkele helfe.

Knippelius. Schlookfluß! Sieht er net aus, wie e gelernter Metzjer! No, es is schee vun der, daß-de deim Vadda sei Metjé net verachtst. So wor ich als Bub aach, do wor des Worschthakkele mei greeßt Bläsihr. Den narrige Rock host-de aach in de Schank gehenkt, den Unfloth vun-eme Hund host-de abgeschafft – alle bunehr. Jetz setz dich nor orndlich uf die Hose – des

Werschthakkele will ich der weider net verwehrn, nor Alles mit Moos un Ziel, daß dei Wissenschafte kah Noth drunner leide, dann du sollst mer widder nooch Gieße. Geh her, drink emol mit mer! No, wos is des for e Gesicht? Ich kann mer'sch denke, wos-der im Kopp erum geht – drink, es werd nix draus, es geht net.

Fritz *(trinkt, stellt das Glas hin und seufzt.)* No, soll dann der Speck volligsd unner die Worscht gehakkelt wern?

Knippelius. Des bressirt net. Mach dich ferdig, in e Wochener vier machst-de widder nooch Gieße.

Sechste Scene

Vorige, ein Auslaufer.

Auslaufer. Wann Se Lust hette, do bring ich Ihne e Buch zor Eisicht, des is der Mih werth, daß mer'sch kaaft.

Knippelius. Wie schreibt sich's dann?

Auslaufer. Es hot's e Dammstädter fabricirt, e gescheiter, studirter Mann, dem mer'sch gor net ohsieht, awwer er hot's hinner de Ohrn sitze. Des Buch fihrt de Titel: *der Fihrer dorch Dammstadt*, un werd iwwerahl reißend gekaaft.

Knippelius. Wolle-Se mich zu eine Na(rr) mache? Des schlecht Ding kaafe? Wann's noch haaße deht: der *Ohfihrer* dorch Dammstadt, do ließ ich mer'sch eher gefalle, dann wer'sch kaaft, is ohgefihrt.

Auslaufer. Sie losse jo kah gut Stickelche droh!

Knippelius. Wos brauch' ich en Fihrer, wo mer weist, daß die kadohlisch Kerch net viereckig is, un wo des Rothhaus steht! Wos Der mer soge will, how-ich schun längst widder vergesse. Wer wisse will, wie's in der Stadt aussieht, der kann jo sei Aage ufduh. Wann Se awwer des Ladernemennche howwe, do henk ich nei Kreizer droh, die soll's werth sey, weje de scheene Bordrätter.

Auslaufer. Es soll e Wort sey, ich bring's Ihne. Adjees! *(Ab.)*

Siebente Scene

Knippelius, Fritz.

Knippelius. Do iwwerlahfe se ahm mit so zammegeschmierte Bicher, als wann mer des Geld zum Fenster enaus zu werfe hett. Do wort ich liewer noch e poor Woche, do krie ich des Buch doch zu lese, wann mer die Leit Worschtbabier verkaafe. Gell du kannst gor nix schwätze? Schneid mer nor so kah Gesicht, wie e Hausknecht, wo kah Drinkgeld krickt!

Fritz *(räuspert sich.)* Sehe Se, Vadda, ich hob ebbes uf dem Herze –

Knippelius. Des merkt mer schun die ganz Zeit. No, eraus mit, nor kah Sparjemente, die kann ich net riche.

Fritz. Ach, es is mer lahd, daß ich studirt hob.

Knippelius. Mir aach, Gott soll's wisse, un meim Geldbeidel am allerlahdste! Du wer'scht hinnedrin doch noch de Buckel voll Schulde howwe, Berschje!?

Fritz. Gewwe-Se Ocht, Sie wern mer net Unrecht gewwe. Ich hob kahn Luste gehatt, des wisse-Se, un es hot Hitz genug gekost, bis ich nor emol dorch die Klaß geritscht wor, un hatt des Exame mit Ach un Krach bestanne. Wer wor awwer droh schuld? kah annerer Mensch, als die Mudda: die hott emol abselut gemahnt, ich mißt emol als Dokter de Leit e Unnerkunft uf dem neie Kerchhof verschaffe.

Knippelius. Wann's meim Sinn noochgange wehr, wehrsch-de Sahler worn.

Fritz. Do derzu hatt ich aach kalt Schneid.

Knippelius. No, zu wos dann. Daagdiewe?

Fritz. Des wern-Se net von mer denke. Wie ich nooch Gieße bin kumme, do hatt ich immer mein Bekummer, daß ich so weit vun Ihne ewek wor, un kennt Ihne net unner die Ahrm greife.

Knippelius *(wohlgefällig.)* Schee vun der, Fritz.

Fritz *(ermuthigt.)* Mit dem Medezin studirn wollt mer'sch aach net in de Kopp, des is der Ihne e Sauerei, des glaawe-Se gor net.

Knippelius. Do muß mer sich droh gewehne.

Fritz. Ich how-en orndliche Obschei dageje krickt. Wann ich mer als do gedenkt hob: sich, jetz kennst-de bei deim Vadda sey, un kennst em beispringe, daß er net soviel zu duh hett; un hob mer des so recht aussimelirt, wie ich newe Ihne deht steh am Hackklotz: do is mer's allemol ganz lahdmithig worn.

Knippelius. Ja, des is emol jetz net mehr zu ennern.

Fritz *(lebhaft.)* Un doch, Vadda – Sie derfe mer'sch awwer net iwwel nemme – enschullige Se's mit meiner kindliche Lieb! –

Knippelius. Wos werd do widder zum Vorschei kumme!

Fritz. Ich wor Ihne dorch un dorch melancholisch; – kah Esse un kah Drinke hot mer mehr geschmeckt – *(bei Seite)* Gott verzeih' mer mei Lijje! – *(laut)* ich bin erumgedorzelt wie e Schatte. Do hot mer dann e Dokter geroothe, ich sollt's Studirn ufgewwe, des deht mer de Kopp als nor noch mehr verricke, un do how-ich –

Knippelius. No, wos?

Fritz *(schnell.)* Do how-ich gemocht, daß ich relegirt worn bin, un jetz bin ich do, un will Ihne Ihr Lewe versihße.

Knippelius *(auf's Höchste überrascht.)* Versihße?! Versauern willt-de mer mei Lewe, du schandborer Mensch, du! Muß mer des aach noch erlewe!

Fritz *(an der Thüre.)* Jetz wisse Se's, Vadda – iwwerleje Se sich's. Ich hob als Kind so hannele misse. *(Ab.)*

Knippelius. Ja, als e ungeroothe Kind, Galjenogel!

Achte Scene

Knippelius, Frau Knippelius, Bärbel.

Fr. Knippelius. Gott, wos verfihrt der Mann widder vor e Gekrisch, drei Heiser weit muß mer'sch hehrn kenne un die Nochberschleit misse denke, mer hette uns an de Kepp! Wos is dann los?

Bärbel. Gewiß iwwer de Fritz, do wollt ich wette.

Knippelius *(erbittert zu seiner Frau.)* Jetz host-de's mit deine dumme Blehn! O, ich hob mer'sch gedenkt, ich hob's glei brofezeit! Schmeißt des Geld in de Dreck, mer howwe jo zuviel!

Fr. Knippelius *(zu ihrer Tochter.)* Wahßt du, wos der Mann will?

Knippelius. No, so reißt eier daawe Ohrn uf: der Fritz is regalirt! Alleweil hot er mer'sch gestanne.

Bärbel. Do howwe mer de Frost!

Fr. Knippelius. Des is kah so groß Uhglick. Mer howwe de Fritz jo doch vun Gieße ewek gedoh.

Knippelius. Wie de's verstehst in deim ahfellige Sinn! jetz derf er net mehr nooch Gieße; wie soll's dann do mi'm Studirn geh? he?

Fr. Knippelius. Ich mahn, des Ding mißt mer mache kenne. Do deht mer sich an sei Brofesser wenne in eine heefliche Schreiwens, un deht-en die Sach recht auslehje; die losse'n gewiß widder nooch Gieße, daß er fortstudirn kann, do drum kann er jo als redegirt sey.

Knippelius. Geh, schwei, es werd mer schlecht! Hestde mer nor selwigs-Mol gefolgt! Ich hob's jo immer gesogt, zum Studirn hot er kahn Kopp; sei Frah Mudda do hot owwer gemahnt, er hett die Gescheidigkeit mit Leffel gefresse: als uf des Studirn los, wie der Bock uf de Hawwerkaste. Ja, folg Ahner de Weibsleit! Wahßt-de dann, wos er jetz wern will?

Fr. Knippelius. No, Dokder, wie ich's immer hob howwe wolle.

Knippelius. Gepiffe, owwer kah Dokder: Metzjer will er wern!

Fr. Knippelius. Daß Gott erbohrm!

Knippelius. Do brauchst-de net zu lamendirn. Wos bin ich dann, un ich wor-der doch aach net zu schlecht gewäse! Mir zu Gefalle moog er jetz iwwrigens wern, wos er will, meintweje Ladernebutzer: ich wesch mei Hend in Unschuld.

Bärbel. Wos wern do des Puttels driwwer juwele, wann se hehrn, daß es mi'm Studirn doch noch zu beese Heiser gange is!

Fr. Knippelius. Wos dauert mich der ohrm Jung!

Knippelius. Dauern?! Es werd'em recht geschehe sey, do setz' ich mein Kopp geje e Nußschool. No, er soll Metzjer wern: mir is Alles ahns!

Bärbel *(sieht durch's Fenster.)* Wos renne dann do die Leit so zamme? Dunnerschdoog, do kimmt der Fritz, un fihrt die Frah Gevaddan am Ohrm – mer mahnt, sie wehr ohmächtig – des Bienche is aach dabei, un fihrt sei

Mudda uf der annere Seit: es muß ebbes bassirt sey, die Leit bleiwe aach
all steh.

Fr. Knippelius. Ach, sie muß schlecht worn sey, sie sieht aus wie e Handuch,
und des Bienche kreint ferchterlich: spring um Gotteswille Ahns enaus!

Knippelius. Sie kumme jo erei. Do muß ebbes Orndliches der Mehr sey, dann
die hot sonst Nerve wie Batzestrick.

Neunte Scene

*Vorige. Fritz und Binchen führen Frau Puttel herein und setzen sie in einen Sessel.
Neugierige drängen sich nach.*

Fritz. Do hette mer Ihne im Druckene, Frah Gevaddan. Vadda, gewwe-Se
geschwind vun dem Biddere her, do werd's Ihne glei besser wern.

Fr. Puttel *(Wehrt mit der Hand.)*

Knippelius. Wos wälscht-se dann? Des kann jo kah Sau versteh.

Bärbel. Jo, ich hob's verstanne – sie will kahn Schnabs.

Knippelius *(zu Fritzen.)* Mit deim Schnabs! Er hilft wohl in viele Fäll, owwer bei
ere Ohmächtigkeit batt er nix. Do is Odlewang.

*(Binchen knieet weinend neben ihrer Mutter nieder und streicht sie mit wohlriechenden
Wassern an, unterstützt von Fr. Knippelius und Bärbel.)*

Fritz *(zu Frau Puttel.)* Gewwe-Se sich nor zufridde! Es wor jo nor e vergäwenser
Schrecke – er hot ja Kahns gebisse.

Knippelius. Wos is-er dann zugestoße?

Fritz. Es wor e wohr Glick – ich how-em owwer for die Werm gewwe! *(Leise zu
Binchen.)* Do siehst-de jetz, wos der Nochtschadde for e Fitch is: nimmt die
Bah uf die Ochsel, un laaft, als deht's hinner'm brenne.

Binchen *(ohne ihn zu beachten.)* Muddache! Ach! Sinn-Se widder bei sich?

Knippelius *(zu Fritz.)* Ei so soog dann ins drei Deiwels Nohme –

Fritz. Ja so, Sie wisse's noch net? Wisse Se net, letzt is ausgeschellt worn, es
wehr e doller Hund hier. – Ich gehder vorhin do iwwer die Gaß, un begäjen
der Frah Gevaddan un dem Bienche – do der bees Nochtschadde wor
aach dabei.

Knippelius. Un der doll Hund?

Fritz. Der kimmt glei, worte-Se nor e Bisje. Wie ich an-en vorbei geh un
schwing, do kreische uf Ahmol die Leit – es wor grood an der Viehhofsgaß
– do kreische die Leit: der doll Hund! Ich guck mich um, un seh aach
werklich so en wolfsstrahmige Hund erbei renne: de Schwanz hot er henke
losse un die Zung ohrmslang zum Hals eraus gestreckt. Des Puttels
misse's scheint's net gehehrt howwe, dann die sinn als duschuhr ihrn Gang
fortgange, bis der Hund e poor Schritt hinner'n wor: do hehrn se's, wie die
Leit kreische, un gucke sich erum. En Krisch duh un in e Ohmfaß – wollt'
ich soge, in e Ohmacht falle, wor Ahns bei der Frah Gevaddan, un den

Nochtschadde, den hette-Se sehe solle, der wor mit Ahm Satz ere
Hausdihr drin. Gott verdoppel, denk' ich, spring-der erbei un verkaaf-der mit
meim Aaichstock dem Hund ah uf die Schnut: dort hot-er geleje un wor
mausrackedoht. Nu how-ich un des Bienche die Frah Gevaddan ufgepackt
un howwe-se erei gebrocht, weil's neher zu uns wor.

Knippelius *(faßt Fritzen an der Hand.)* Schee gehannelt, Fritz – des wor wie e
rechter Christ – nor sein Neckste net im Stich gelosse! *(Erblickt die
Neugierigen.)* Wollt-er rahse! Do wern kah Maulaffe fahl gehalde! *(Sie
entfernen sich tumultuarisch.)* Lumbezeik! *(Klopft Fritzen väterlich auf die
Schulter.)* Fritz, du host zwor beese Sache in Gieße gemocht – schwei mer,
es hot sei Richdigkeit! – owwer verdorwe bist-de net. Ich will der'sch net
noochdrooge. Wann-der dann des Studirn net gefellt, so sattel meintweje
um, un wer in Gottes Nehme e Metzjer un e brover Mann!

Fritz *(erstaunt.)* Vadda, Sie mache mich glicklich, bis uf Ahns –

Knippelius *(mit einem Blick auf Binchen.)* Bscht! Nix verrechent!

Fritz *(bittend.)* No, Vadda! Warum dann net?

Knippelius. Wer'sch wahß, werd's wisse. Ob un zor Ruh! *(Bei Seite.)* Es ging
aach net, un wann ich aach wollt.

Zehnte Scene

Vorige. Nachtschatten.

Fritz *(zu seinem Vater.)* Der kimmt hinneher, wie die Frah vun Bensem.

Nachtschatten. Sie verzeihen, daß ich mir die Freiheit nehme; aber die Stimme
des Mitgefühls spricht lauter, als die Etikette. *(Eilt auf Frau Puttel zu.)*
Hochgeschätzteste Frau Puttel, welch' schreckliches Ereigniß –

Fritz *(schiebt ihn unsanft zurück.)* Ich deht liewer noch e Bisje ärjer kreische, wo
die Frah net bei sich is! Sinn-Se verrickt?

Nachtschatten *(überrascht.)* Ach, Sie sind es? Von Ihnen bin ich Dergleichen
schon gewöhnt. *(Stellt sich neben Binchen.)* Sie sind wohl sehr erschrocken,
süßes Kind?

Fritz. *(Für sich.)* Duckmeiser, verdammter! *(Reißt ihn noch heftiger weg und stößt
ihn in die andere Ecke des Zimmers.)* Do kenne-Se steh bleiwe! Wann so viel
Mensche um de Sessel erumstehn, krickt die Frah gor kahn Othem.
Nemme-Se doch Ihr Bisje Verstand zusamme! Jetz dricke-Se sich erbei:
wehrn-Se vorhin bei der Spritz gebliwwe.

Knippelius. Wos host-de dann mit dem Mensche vor, Fritz?

Fritz. Es is e Schnelllahfer, Vadda, vorhin hot er sei Kunst bewisse.

Fr. Puttel *(mit schwacher Stimme.)* Um e Hoor werich des Dohts! Ich seh noch
dem Hund sein ferchterliche Rache, wie er'n geje mich ufgerisse hot! Gott
steh ahm bei!

Binchen *(freudig.)* Ach, Gott sey Low- un Dank, sie kann widder schwätze!

Knippelius *(bei Seite.)* Ja, wann die Weibsleit emol net mehr schwätze, do is
Maddeh am Letzte.

Fr. Puttel. Wo is er, der brov Mann, daß ich-em mei Dankborkeit obstatte kann?

Nachtschatten *(drängt sich herbei.)* Ich bin entzückt, Ihr theures Leben aus aller Gefahr gerettet zu sehen!

Fr. Puttel. Herr Nochtschadde, kumme-Se neher! *(Er tritt an den Sessel und faßt ihre Hand.)* Wann Sie net gewest wehrn, hett mich der doll Hund am End in Sticker verrisse, wo ich dazu mei schwazmerinoen Klahd ohhob – ich wohlt's doch auslosse, mer mahnt, es hett-mer geschwant. *(Betrachtet ihr Kleid.)* Voller Spritz bis eruf, ahner newe'm annern! *(Zu Binchen.)* Des kannst-de morje in kalt Wasse auswesche; wann die Flecke nor erausgehn, es wor e Kriskinnche vun meim Mann.

Fritz *(hält Fr. Puttel ein Riechfläschchen vor.)* Riche-Se noch e Bisje, Frah Gevaddan, es is gor gesund vor'n Schrecke. *(Bei Seite.)* Wann der Kerl net uf neie Bradicke ausgeht, loß ich mich unnerschtder-ewwerscht ufhenke. Wos er dere Puttelen vorpischbert – der lickt gewiß widder, daß Ahm die Aage iwwergehn. Ich will dem Ding doch emol zugucke, wieweit er sei Unverschämtheit dreibt: dann werd-er effentlich blamirt.

Nachtschatten *(zu Frau Puttel.)* Pflicht, Menschenpflicht, weiter nichts! Seyen Sie versichert – einen Hund todt schlagen – Kleinigkeit – wahre Kleinigkeit – ich bedauere nur –

Fr. Puttel. Ach, wos! Sie brauche gor nix zu bedauern – Sie worn mei Schutzengel – Ihne verdank ich mei Lewe un daß mei Klahd net ganz de Katze is: mei Dank werd owwer net ausbleiwe, uf Barohl, er werd net ausbleiwe!

Knippelius *(heimlich zu Fritzen.)* Ich mahn, du hest jo de Hund doht geschmisse?

Fritz. Nadihrlich; – worte-Se nor: ich will nor emol sehe, wie weit der Kerl sei unverscheemte Lijje dreibt.

Fr. Puttel *(pathetisch.)* Wie kann ich Ihne vergelde: foddern-Se! Ihne kann ich nix obschlooge!

 (Fritz hat sich indessen neben Binchen gestellt und redet lebhaft zu ihr. Anfangs scheint sie kalt, nach und nach aber erheitert sich ihre Miene.)

Nachtschatten *(zu Fr. Puttel.)* Ihre Güte beschämt mich. Ach, ich wüßte ein Kleinod, zu dem ich aber kaum die Augen aufzuschlagen wage, weil mich die Strahlen seiner Herrlichkeit blenden! *(Er wirft zärtliche Blicke auf Binchen, welche sich abwendet.)*

Knippelius *(für sich.)* Des is e rechter Kumediant!

Fr. Puttel. Ach so? des gensig Mädche? Des wolle-mer schun mache! Awwer wo is dann mei Mann, die schleecht Schlofkapp? Dehre is Alles ahnerlah!

Knippelius. Nemme Se's net for iwwel, Frah Gevaddan, ich hob so äwe nooch-em geschickt.

Fr. Puttel. Dank Ihne! wos werd der e Frahd howwe, wann er hehrt, wos ich for ere Gefohr entgange bin.

Knippelius *(für sich.)* Des freegt sich!

(Fritz und Binchen treten auf die eine Seite des Vordergrundes.)

Binchen. Du hest mich also net geuhzt?

Fritz *(legt die Hand auf's Herz.)* Ich hob-der sowenig en Bosse gedoh, als ich des Pulwer erfunne hob! Wie gesogt, die ganz Geschicht rihrt blos vun meim Vadda her, un der hot's net so bees gemahnt.

Binchen. Owwer die Olte!

Fritz. Loß mich nor mache: die will ich schun uf unser Seit bringe, un den Nochtschadde do fihr-ich iwwer'n Dreck, do gew-ich mei kanonisch Cerevis druf.

Bärbel *(schleicht herbei.)* No, brotzt-er net mehr minanner?

Fritz *(ärgerlich.)* Drick dich, Kalfaktern, die de bist, un steck dei vorwitzig Noos in's Nehkerbche! Dir bin ich so noch uf der Muck, hiht dich nor!

Bärbel. Seyn-Se nor halb so grob, gnediger Herr! *(Sie geht auf die Seite.)* Wann er mich nor net verreth! Er hot de Valdin bestimmt gekennt.

<h3 align="center">Eilfte Scene</h3>

Vorige. Herr Puttel.

Puttel. Gun-Dach beisamme! *(Wirft einen Blick auf seine Frau.)* Jammerschad for den scheene Hund; alleweil bin ich-em begägent, sie howwe'n do gedrooge, e Stootshund, sog-ich. No, wos macht mei Fraache?

Fr. Knippelius. Es geht soweit widder besser.

Fr. Puttel *(seufzt.)* Ja, besser! Ich bin so ferdig, wie e ausgebloose Ei. Ich wor in ere scheene Gefohr! Wann's net noch Mensche gäb, wo sich mehr um Ahm bekimmern, als du, do wehrsch'de e Wittmann.

Puttel. Ja, die Leit misse sich aach um Alles bekimmern. *(Zu Knippelius.)* Es dauert mich nix, als der schee Hund. Ich how-en genau gekennt. Gescheit wor-er, wie der liftig Deiwel, un batsch-dich! werd er doll!

Knippelius. Des find mer aach bei de Mensche: grood die Allergescheitste schnappe iwwer.

Fr. Puttel *(wendet sich indignirt zu Fr. Knippelius.)* Redd mei Mann aach noch dem Hund des Wort, wo mei Lewe uf der Schnepp gestanne hot! Is es net zum Dollwern?

Puttel *(zärtlich.)* Mach-der kahn Kummer, Fraache, doller werscht-de net, als de bist, der Hund hot dich jo net gebisse.

Fr. Puttel *(grimmig.)* Wort, loß uns nor dahahm sey, ich will dich bedolle!

Puttel *(hat es überhört.)* Gefehrlich bleibt's immer. Die Bolezey sollt besser invögelirn: hett' ich wos bei der Sach zu soge, jeder doll Hund mißt mer sein Maulkorb drooge!

Knippelius. Un Sie mißte'n-em ohlehje!

Puttel. Wos iwwrigens des Nehere vun äwe dem Hund bedrifft, so kann ich mit diene. Es wor Ahner vun dere korzhärige Ohrt, wo glei mit gestutzte Ohrn uf die Welt kumme, un gehn schwernothsgern in's Wasser; die Noose vun dehre Raß sinn gespalten daß mer ganz bequem e Faust enei lehje kann.

Knippelius. Der Herr Gevadda hot owwer werlich en rechte Hundsverstand, des muß mer'm losse.

Puttel. Ja, verstehn-Se, es wor vun jeher mei Liebhawerei. Der Hund, vun dem ich so äwe geredd hob, wor unner Brider sei zwah Kallin werth.

Fr. Puttel. Do wehr er mer liewer wie du, un wann-de die zwah Kallin im Sack hest. Jetz halt mer dei Maul! *(Sie erhebt sich, tritt in die Mitte des Zimmers, und spricht mit vieler Würde:)* An mir is es jetz, mein Dank zu beweise: hett mich der Hund gebissen so mißt ich's bleiwe losse. – Ich redd net ellah vun meim Lewe: meiner Dochter ihrsch is fast äwesoviel werth: dehre ihrsch is aach gerett worn. Mer hot heidiges Doogs viel Exembel, daß Mensche undankbor gewäse sinn, owwer zu dene gehehr ich net, do kann jedes de Puttel frooge. Is es net wahr, Puttel? *(Sie hält einen Augenblick inne)* – Kannst-de net redde?

Puttel *(zu den übrigen.)* Des wollt ich mahne, sie kann merkwerdig dankbor sey, wann se will.

Fr. Puttel. Drum-äwens will ich mich aach jetz net hinne finne losse. Wo is der edelmithig Mann, wo uns unser Lewe gerett hot? – Ich seh-en vor meine Aage, owwer er is zu bescheide – er schehmt sich.

Nachtschatten. *(Tritt vor und will reden.)*

Fr. Puttel *(huldvoll.)* Schweie-Se, mei liewer Herr Nochtschadde – glei werd die Reih an Ihne kumme, losse Se mich nor ausredde. Ich wehr e schlecht Frah, wann ich Demjenige net vergelde wollt, wo sei aage Lewe for Ahm in die Schanz geschlooge hot.

Fritz *(leise zu Binchen.)* Des schlecht Oos duht, als hett *er* de Hund kabenirt.

Fr. Puttel. Derntweje soog-ich jetz laut, un will schlecht sey, wann ich mei Wort net halt: – *(zu Nachtschatten gewendet)* Wo is der rechtschaffe Mensch? Er soll kumme: ich will em mei Bestes gewwe, wos ich hob: kah Annerer soll mei Dochda howwe! *(Sie streckt die Hand nach Nachtschatten aus, welcher äußerst einfältig dasteht, Fritz aber eilt herbei und ergreift sie.)*

Fritz. Ich hob des Glick gehatt, Frah Gevaddan, Ihne behilflich zu sey –

Fr. Puttel *(im höchsten Grad erstaunt.)* Wos? Du!

Knippelius *(zu seiner Frau.)* E schwernothser Bub! Wos will mer mache?

Fr. Knippelius. Loß-en nor emol gewährn.

Binchen *(etwas schüchtern.)* Ja, Mudda, der Fritz un kah annerer Mensch: – der Herr Nochtschadde sinn schnell in e Haus gelaafe. Sie worn glei vun sich, ich hob owwer Alles gesehje.

Nachtschatten. Unerhört! Aber auf Ehre, so lasse ich mich nicht zurückweisen.

Puttel *(gutmüthig.)* No, Fraache, du host dich desmol widder emol gebritscht.

Fr. Puttel. Schwei! *(Zu Fritz.)* Des is e anner Korn: do muß ich mei Wort zuricknemme.

Fritz. Des wehr schee, Frah Gevaddan! Vadda, lehje-Se doch e gut Wort for mich ei.

Knippelius *(zu seiner Frau.)* Der oosig Jung setzt Ahm orndlich uf Schrauwe.

Fr. Knippelius. Er benimmt sich recht fei.

Nachtschatten *(tritt giftig auf Fritzen zu.)* Meine bisherige Geduld ist jetzt gänzlich erschöpft. Ich weiß nicht, wie ich Ihr Betragen nennen soll, lächerliche Anmaßung oder Narrheit: aber soviel weiß ich, daß ich meine wohlbegründeten Ansprüche auf jenes Frauenzimmer um keinen Preis aufgeben werde. Haben Sie mich verstanden?

Fritz. Sie scheine e korz Gedächtniß zu howwe, weil-Se schun vergesse howwe, wos ich Ihne letzt im Herrngorte gesogt hob. Weil-Se owwer doch so schandbor unverscheemt sinn, so will ich emol do de gejewertige Leit soge, wos-Se for e bees Frichtche vor sich howwe. Der Mensch do, wo vor Ihne steht, Herr Gevadda, hot sich letzt in seiner Vollheit im Schwane iwwer Ihne ausgelosse, un hot gesogt, Sie wehrn Ahner vun dene gude Hambel, vor die's Schad wehr, daß se net glei mit Herner uf die Welt kumme wehrn: des Gescheidst an Ihne wehr, daß-Se Geld hette.

Puttel *(zwingt sich zum Lachen.)* Des wehr doch e Bisje e growwer Spaß gewäse, so zu soge, Herr Schochtmadde.

Fritz. Verlosse-Se sich druf, Herr Gevadda, er hot's gesogt. Es hatt mich e guter Bekannter von der Hochschul in Schwane ruffe losse, do how' ich's gehehrt. Wolle-Se's leigene?

Nachtschatten *(zu Fr. Puttel.)* Glauben Sie es nicht, wertheste Frau Puttel; wie sollte ich dazu kommen? So einen achtungswerthen Mann –

Fr. Puttel *(gereizt.)* Es wehr owwer aach e Schann un e Schimp, nemme-Se mer'sch net iwwel.

Fritz *(zu Fr. Puttel.)* Sehe-Se, ich hett mein Rand ganz gehalte, owwer soll ich ruhig zugucke, wann Ihne so e Kerl am Nannsahl erumfihrt? Wos er Ihne nochgesogt hot – ich schehm mich orndlich, owwer es is mei Schulligkeit: bei alle Leit hot er gesogt: des Bienche do kehm em vor wie e verwinscht Brinzeß, un Sie wehrn der feirig Drach, wo se bewache deht; – Sie hette sich aach falsche Zäh eisetze losse.

Fr. Puttel *(fährt wüthend auf Nachtschatten zu.)* Wos, du schlechter Kerl, host-de des gesogt? Du Schnabseil willt mer en iwwele Nohme mache?! Ich e feiriger Drach? Bin ich dei feiriger Drach, he? *(Nachtschatten retirirt.)* Ich falsche Zäh?! Host-de mer schun in's Maul geguckt, du Hungerleider? Dei scheele Aage kratz' ich-der aus deim Käsmaddegesicht! Du willst mei Dochda? Ich will-der des Maul sauwer halte, du hergeloffener Doogdieb, du! Ich will der'sch weise! *(Sie hält ihm die geballte Faust unter die Nase; er weicht nach der Thüre zurück.)*

Knippelius *(begütigend.)* Losse-Se'm nor sei Bisje Lewe!

Zwölfte Scene

Als Nachtschatten gerade im Begriff ist, sich fort zu machen, erscheinen mehrere Polizeidiener. Er fährt erschrocken zurück.

Erster Polizeidiener. Sie wern entschullige; es soll gewiß hier e Mensch sich befinne, Nohmens Nochtschadde.

Fr. Puttel. Ja, do is er, steckt-en ei, daß er vun de ehrliche Leit eweck kimmt, der Hallunk!

Erster Polizeidiener. Des soll aach geschehe. *(Zu Nachtschatten.)* Alleh, duzwitt, Sie sinn Arrestant!

Nachtschatten *(erschrocken.)* Wer? ich?

Erster Polizeidiener. Ich glaab, der frehkt aach noch. *(Faßt ihn am Kragen und zieht ihn fort.)*

Knippelius. Wos hot-er dann pexirt?

Zweiter Polizeidiener. Er is zwahspennig dorch's Stinkgäßje gefohrn, un do steht e Kriminalsstroof druf.

Knippelius. Sie sinn mer e rechder Spaßmacher!

Zweiter Polizeidiener. No, ich will's Ihne soge, er hot falsche Kasseschei mache helfe, un do werd er nooch Breiße ausgeliwwert.

Puttel. Do derfor bliht-em e lewenslenglich Dohtesstroof wie e Weck uf dem Lohde.

Knippelius. Er krickt de Staabbesem.

Zweiter Polizeidiener *(tritt wichtig auf Knippelius zu.)* Ich wann (warne) Ihne freundschaftlich, halte-Se Ihne Ihrn Hund ei, odder lehje Se'm en Maulkorb um die Schnur: wie's der Bolezeirooth odder sunst Ahner vun uns erfehrt, howwe Se finf Gulde uf dem Buckel. Adjehs!

Knippelius. Ich will's ausrichte. Fellmich!

(Die Polizeidiener mit Nachtschatten ab.)

Dreizehnte Scene

Die Vorigen, ohne Nachtschatten.

Knippelius *(zu Puttel.)* Mit dem Mensche hot's e bees End genumme. Sie kenne sich gradelirn, daß Se ihr Dochda net an so en Bedrijer eweck geworfe howwe.

Fritz *(stößt seinen Vater.)* Losse-Se mich net im Stich, Vadda. *(Er tritt mit einer anständigen Verbeugung vor Fr. Puttel.)* Frah Gevaddan, ich hob mein Blahn ufgewwe, zu studirn: ich wer jetz Metzjer, un iwwernemm emol meim Vadda sei Geschäft. Ich hob Ihne ihr Bienche gern: gewwe-Se mer se, wann ich Maaster bin. – Gell, Bienche, du host nix dageje?

Binchen *(birgt beschämt ihr Gesicht in's Schnupftuch.)*

Fr. Puttel *(freundlich.)* Des kimmt mer e Bisje geschwind. Awwer, du host uns unser Lewe gerett, Fritz; ich hob Demjenige mei Dochda versproche: wos ich emol soog, dobei hot's sei Bewenne. Wann-de Metzjermaaster bist, dann kumm widder, ich will des Bienche so lang ufhewe. Der Puttel is es zufridde, es froogt sich nor –

Knippelius. Ich for mei Dahl geb mein Kunsens; des Bienche werd-mer zwor
noch e Bisje bees sey vun weje – no, ich will schweie – es worn
schwernothse Geschichte: – owwer wann der Fritz emol is, wos sei Vadda
is, soll er'sch widder gut mache. Bist-de's zufridde, Bienche? No, so geb'
mer en Kuß! *(Küßt sie.)*

Fr. Knippelius *(zu Fr. Puttel.)* Frah Gevaddan, des Herz boppelt mer vor Frahd.
Kumm, Bienche, krick mich um de Hals, ich hob-der de Fritz schun lang
zugedenkt gehatt. *(Umarmt sie.)*

Puttel. No, un du, Bärwelche? Du stehst jo so ellahns do?

Bärbel. Ich frah mich iwwer die Annern.

Vierzehnte Scene

Vorige, Valentin (in völligem Staat.)

Valentin *(verlegen beim Anblick der Gesellschaft.)* Ich empfehl-mich Ihne. Sinn der
Herr Knippelius net do?

Knippelius. Do stehn-ich jo vor Ihne, gucke-Se nor. Wos steht zu Befehl?

Valentin. Ich hett Ihne unner vier Aage – *(wirft verlegene Blicke auf Bärbel.)*

Knippelius. Soge-Se's glei – es sinn lauder Bekannte, die derfe Alles wisse.

Valentin *(zögernd.)* Mei Unkel hot mer heit sei Geschäft iwwergewwe –

Knippelius. Un do wolle-Se sich rekummandirn? Sie sinn e broover Mann, un
duhn net so viel Lappe in die Hell, wie die annern Schneider: ich wer Alles
bei Ihne mache losse, wie seither aach.

Fr. Puttel. Un mei Mann soll's aach duh.

Valentin *(verlegen.)* Dank Ihne, awwer derntweje bin ich eigentlich net kumme.
(Sieht sich verlegen um.)

Bärbel *(stößt ihn heimlich an.)* Soog's nor, Valdin, alleweil is grod die best Zeit.

Knippelius. No, wos howwe-Se sunst for e Ohlijje? Deitsch vun der Lewwer
eweck!

Valentin *(ermuthigt.)* Weil mer mei Unkel des Geschäft gewwe hot, derntweje
hot er gesogt, sollt-ich mer jemand ohschaffe, wo mer helfe deht –

Knippelius. Als breß druf Geselle genumme, daß's kracht!

Valentin. Verzeihe-Se, er mahnt, e Frah wehr besser. *(Blickt Bärbeln an.)*

Knippelius. Alleweil rich-ich de Broode, Frah Gevaddan! *(Scherzhaft drohend zu
Valentin und Bärbel.)* Schwernoths Volk, als die Olde iwwer'n Leffel balwirt!

Valentin *(bittend.)* Gewwe-Se mer Ihr Bärwelche!

Knippelius *(abwehrend.)* Bscht! Alles hot seine Zeit, sehkt der weise Salomo:
des geht net so uf de Sturz! Erscht Iwwerlehjung!

(Valentin und Bärbel knieen vor ihm nieder und ergreifen seine Hand.)

Knippelius. Verrutscht eich die Knie net mit dene Theaderbosse!

Valentin. Gewwe-Se mer des Bärwelche, ich kann net ohne-se lewe!

Fritz *(zu seinem Vater.)* No, gewwe-Se se'm, sunst meegt-er am End sterwe.

Fr. Puttel. Jetz mache Sie's, wie ich's vorhin gemocht hob: soge-Se: ja.

Puttel. Duhn-Se'n de Gefalle!

Fr. Knippelius. Sie basse zusamme; soog: ja.

Knippelius. No, in's drei Die– steit uf! Wolle-Se sich battuh en Klotz an's Bah henke, so kann ich's net hinnern. Ich kenn' Ihne als en ordliche Mensche: wann der Fritz sei Hochzeit helt, sollt-er eier aach halte.

(Beide springen auf und umarmen ihn.)

Bringt mich nor net um's Lewe!

(Die Gesellschaft gruppirt sich; in der Mitte die Ältern, auf beiden Seiten die Brautpaare.)

Fritz *(zu Binchen.)* No, host-de dein liewe Nochtschadde vergesse?

Binchen *(hält ihm den Mund zu.)* Ach, schwei-mer vun Dem!

Valentin *(zu Bärbeln.)* No, how-ich dich net erowert?

Bärbel. Grood wie der Ridda in dem scheene Buch, wo sei Freilein noch krickt hot.

Valentin *(heimlich zu Fritzen.)* Du sollst aach bedankt sey, daß de mich net verroothe host.

Fritz *(ohne ihn zu verstehen.)* Wos?

Valentin. Du host mich doch gekennt? Wann de mich krickt hest, ich glaab, du hest mer mit deim oosige Beil de Hernkaste eigehaage. Ich hob der owwer aach die Bah gewarfe!

Fritz. *Du* worscht's? jetz guck emol! Ihr seyd mer zwah Sauwere!

Bärbel. No, sey nor still, – es wor des Erschtemol, daß er do wor.

Knippelius *(tritt pathetisch vor.)* Jetz noch aah Wort, korz un bindig! Spitzt eier Ohrn, ihr Gelbschnäwwel do, un schweit emol still: de Weibsleit will ich's net zumuthe, dann die kenne net. *(Zu Fr. Puttel.)* Verzeihe-Se, Frah Gevaddan. Mer hehrt vun viele Mensche im gr"aueste Olderduhm un in de zukinftigste Zeite oftmols soge: der Ehstand is e Wehstand. So sehkt zum Exembel der Franzos: le Marriahsch – *(nach einigem Besinnen.)* No, wie's weider geht, fellt mer net bei, genunk, es hott e jedwedd Nation ihrn Spruch dervor, un des laaft All uf Ahns enaus. Die Leit howwe Recht un Unrecht, wie mer'sch nimmt. Nix Scheuneres in der Welt, als wann sich Zwah aus purer Lieb enanner nemme, wie ich's vun Eich hoff: do is die Frah dem Mann sei Aagappel, un der Mann der Frah ihrer, un Ahns laaft for'sch Anner dorch's Feier. How' ich Recht, Herr Gevadda?

Puttel *(wischt sich die Augen.)* Sie redde werlich wie geschmiert, es werd Ahm ordlich waachherzig um's Gemith erum.

Knippelius. Ich will owwer de Fall setze, daß in ere Eh' kah Ahnigkeit zu dreffe is, wo die Frah die Hose ohhott, un laaft Kassathe, un der Mann muß dahahm die Winnele wesche un Kinchesbrei koche, bis die gneedig Frah aus der Visitt hahm kummt: des is die vakehrt Welt, liewer uf dem

Blocksberg gesesse zeh Johr lang! Derntweje soog ich eich zwah junge
Leit: kumm mer Kahner, der sich unner de Pandoffel bringe leßt! Nemmt's
eich ad nodam! Seyd fleißig un ehrlich, dann werd-er eier Auskumme
howwe, un des net zu frih, wie seller Lumb gesogt hot. Ich for mei Dahl
winsch eich Glick un wos sunst der Gebrauch is.

Puttel. Vivat hoch! Die Brautleit solle lewe!

Fritz und **Valentin**. Un die Schwiejeräldern danewe!

Der Vorhang fällt.

Ende.